I libri da leggere

In copertina
Tony Stone, *Dan-Bergman*

Il Sistema Qualità di Edumond Le Monnier S.p.A.
è certificato da **BVQI**
secondo la **Norma UNI EN ISO 9001:2000**
(Vision 2000) per le attività di:
progettazione, realizzazione
e commercializzazione di testi scolastici
e universitari, dizionari e supporti.

Grafica
Gloriano Bosio
Alfredo La Posta

Redazione
Alberto Pozzi

I edizione I libri da leggere: febbraio 2006

www.pianetascuola.it
www.einaudiscuola.it

Edizioni

3 4	5 6	7 8	9 10
2007	2008	2009	2010

Questo volume è stato stampato presso il
Consorzio Artigiano L.V.G. – Azzate (Va)
per conto di Edumond Le Monnier S.p.A.

Stampato in Italia – Printed in Italy

Bianca Stancanelli

A testa alta

Don Giuseppe Puglisi: storia di un eroe solitario

A cura di Giuseppe Musso

Einaudi scuola

Introduzione

A testa alta della giornalista Bianca Stancanelli racconta la vita di un sacerdote siciliano. Si chiamava Giuseppe Puglisi; era nato il 15 settembre 1937 a Brancaccio, un quartiere periferico e degradato di Palermo, e a Brancaccio è morto, assassinato dalla mafia, il 15 settembre 1993, il giorno del suo cinquantaseiesimo compleanno. Fu ucciso con un colpo di pistola alla nuca. Non vi fu alcun testimone.

L'uccisione di padre Puglisi si inserisce in un periodo contraddistinto da una serie di delitti terribili: infatti nei primi anni Novanta, dopo la conclusione del primo maxiprocesso contro centinaia di boss, all'interno di un'azione criminale diretta contro lo Stato, la mafia uccide uomini politici, importanti magistrati come Antonio Scopelliti, Giovanni Falcone, Paolo Borsellino e compie attentati nei centri storici di Roma, Firenze e Milano.

Giuseppe Puglisi era padre Pino Puglisi, con le tre identiche iniziali che gli avevano procurato il soprannome di 3P. Era arrivato alla chiesa di Brancaccio il 6 ottobre 1990. Indossava quasi sempre un maglione blu con i gomiti lisi, pantaloni scuri; camminava di buon passo, era magro, minuto, aveva le orecchie a sventola, la testa pelata: «per riflettere meglio la luce divina» diceva. Amava scherzare padre Puglisi e nel contempo era un uomo discreto, umile, mite, incapace di cedere a ricatti o compromessi. Entrando in classe (insegnava religione in un liceo classico di Palermo) all'inizio dell'anno, aveva portato con sé una scatola e l'aveva rotta pestandola con i piedi: «Avete capito chi sono io?» chiese ai suoi studenti e rispose: «Un rompiscatole».

La sua giornata aveva ritmi frenetici: era perennemente in ritardo. Viveva in una casa piccola, piena di libri, malandata, lo scaldabagno rotto, dai rubinetti schizzava acqua dappertutto. Si svegliava alle sei del mattino, ascoltava il giornale radio. Preparava il caffè, rispondeva al telefono (chi voleva parlargli sapeva di trovarlo in casa a quell'ora). Alle otto saliva sulla sua auto malandata per andare a scuola, o al Centro diocesano vocazioni, al pomeriggio incontrava persone, le ascoltava. La sera la passava in parrocchia, fino a tardi. Dormiva non piú di quattro o cinque ore per notte.

Era un rompiscatole e la mafia lo ha ucciso per quello. Lo ha ucciso perché don Pino desiderava che il suo quartiere avesse un asilo nido, una scuola media, uno spazio in cui bambini e adolescenti potessero stare lontani dalle diverse forme di illegalità. A Brancaccio, dove «si fa prima – come affermava – a dire le cose che ci sono, perché manca quasi tutto», voleva realizzare quello che altrove è normale, voleva che non si dovesse elemosinare quello che per tutti è un diritto. A Brancaccio padre Puglisi si era rimboccato le maniche, aveva concentrato la sua attenzione sui giovani, poiché con loro «l'azione pedagogica può essere efficace... Ma già a quell'età non è semplice, perché tanti bambini sono costretti a lavorare, a rubare». Li aveva raccolti in un Centro di accoglienza e servizi chiamato Padre Nostro e qui, insieme alle suore, a collaboratori e volontari, aveva proposto «un nuovo stile, un modello di comportamento», dove i bambini potessero vedere la vita in modo diverso, imparare che nella società esistono regole civili da seguire.

Per questo padre Puglisi si scontra col sistema mafioso, che è, come lui stesso scrisse, «una cultura e una mentalità antievangelica e anticristiana: essa falsa termini che indicano valori positivi e cristiani, come "famiglia", "amicizia", "solidarietà", "onore", "dignità"; li distorce e li carica di significati diametralmente opposti a quelli cristiani allo scopo di dominare con la prepotenza, complicità nel male, affermazione di sé, dipendenza, asservimento e disprezzo dell'altro, prestigio basato sul potere e la ricchezza ricercata con tutti i mezzi, diritto-dovere di farsi giustizia da sé e di vendicare l'offesa, di sopprimere l'avversario o il testimone». Contro la mafia egli non si è limitato a organizzare cortei, denunce, proteste. Le parole – affermava – devono essere confermate dai fatti, e proprio questi fatti determinarono la sua condanna da parte della mafia: «Il prete – ha dichiarato un mafioso successivamente pentitosi – era una spina nel fianco. Predicava, predicava, prendeva ragazzini e li toglieva dalla strada. Faceva manifestazioni, diceva che si doveva distruggere la mafia»: don Puglisi insegnava la legalità.

L'assassino – Salvatore Grigoli – ha 28 anni quando uccide padre Puglisi ed è padre di tre bambini. Viene arrestato il 19 giugno del 1997. Dopo la cattura ha confessato decine di delitti e si è pentito fornendo utili informazioni per la ricostruzione dell'assassinio di padre Puglisi. Grigoli è stato condannato a sedici anni ed è oggi agli arresti domiciliari. Giuseppe e Filippo Graviano, boss di Brancaccio e mandanti dell'omicidio, sono stati condannati all'ergastolo. La Corte d'Assise, al termine del processo penale, ha cosí ricostruito il movente del delitto e l'ambiente di Brancaccio: «L'opera di don Puglisi aveva finito per rappresentare una insidia e una spina nel fianco del gruppo criminale emergente che dominava il territorio, perché costituiva un elemento di sovversione nel contesto dell'ordine mafioso, conservatore e opprimente che era stato imposto nella zona, contro cui il prete mostrava di essere uno dei piú tenaci e indomiti oppositori. «Tutte le opere e iniziative che avevano fatto capo al sacerdote e che sono state indicate minuziosamente da suoi collaboratori e persone a lui vicine, fanno corona alla figura di un religioso austero e rigoroso, non contemplativo ma calato pienamente nel sociale, immerso nella difficile realtà di quartiere, lucido e disincantato ma non per questo amaro e disilluso, arreso o fiaccato dalle minacce, intimidazioni e aperti contrasti con gli uomini dell'establishment mafioso locale. Don Pino Puglisi aveva scelto non solo di "ricostruire" il sentimento religioso e spirituale dei suoi fedeli, ma anche di schierarsi, concretamente, senza veli di ambiguità e complici silenzi, dalla parte di deboli ed emarginati, di appoggiare senza riserve i progetti di riscatto provenienti da cittadini onesti, che coglievano alla radice l'ingiustizia della propria emarginazione e intendevano cambiare il volto del quartiere, desiderosi di renderlo piú accettabile, accogliente e vivibile. E per questo erano malvisti, boicottati o addirittura bersaglio di atti violenti attuati per mortificare ogni voglia di riscatto, di progresso civile, ogni processo di "consapevolizzazione" dei propri diritti elementari».

Cronologia

1990

11 dicembre La sentenza d'appello del maxiprocesso conferma la condanna all'ergastolo per Michele Greco. Tra gli altri boss della cosiddetta "Cupola" mafiosa, beneficia della sentenza Bernardo Provenzano, la cui condanna di primo grado all'ergastolo viene ridotta a dieci anni. L'impianto del maxiprocesso però è salvo.

1991

9 agosto Antonio Scopelliti, magistrato che si sarebbe dovuto occupare del maxiprocesso in Cassazione, viene assassinato in Calabria.

29 agosto A Palermo viene ucciso Libero Grassi, l'imprenditore che in piú sedi (sul «Giornale di Sicilia», in televisione, in convegni) aveva dichiarato pubblicamente il proprio rifiuto di sottomettersi al ricatto della mafia.

25 ottobre Il governo istituisce la DIA (Direzione investigativa antimafia) e la DNA (Direzione nazionale antimafia), detta anche "Superprocura".

1992

12 marzo Salvo Lima, parlamentare europeo della Democrazia cristiana e massimo rappresentante della corrente andreottiana in Sicilia, viene assassinato a Palermo.

23 maggio "Strage di Capaci": una potentissima esplosione sull'autostrada che collega l'aeroporto a Palermo uccide il giudice Giovanni Falcone, sua moglie Francesca Morvillo e tre uomini della scorta.

27 giugno A Palermo, un'imponente manifestazione ricorda Falcone e testimonia l'impegno della società contro la mafia.

19 luglio "Strage di via D'Amelio": l'esplosione di un'autobomba uccide a Palermo il giudice Paolo Borsellino e cinque agenti della sua scorta.

6 settembre Viene catturato Piddu Madonia, capomafia di Caltanissetta latitante da tempo.

24 dicembre Viene arrestato Bruno Contrada, vicequestore di Palermo e dirigente dei Servizi segreti, accusato da quattro pentiti di essere legato a Cosa Nostra.

1993

15 gennaio A Palermo viene arrestato Totò Riina, capo dei Corleonesi e della Cupola, latitante da ventitré anni.

27 marzo La Procura di Palermo chiede al Parlamento l'autorizzazione a procedere contro Giulio Andreotti per "associazione a delinquere di stampo mafioso".

14 maggio A Roma, l'esplosione di una bomba in via Fauro provoca 23 feriti e notevoli danni; le indagini seguono una pista terroristico-mafiosa.

18 maggio Viene arrestato Nitto Santapaola, boss della mafia catanese latitante da anni.

27 maggio A Firenze, l'esplosione di un'autobomba in via dei Georgofili uccide cinque persone e danneggia la Galleria degli Uffizi; la pista piú credibile è ancora quella terroristico-mafiosa.

27 luglio Tre autobombe esplodono a Milano (in via Palestro, dove muoiono cinque persone) e a Roma (vicino alle chiese di San Giorgio al Velabro e di San Giovanni in Laterano): ancora opera del terrorismo mafioso.

15 settembre A Palermo viene assassinato Don Giuseppe Puglisi.

18 ottobre La Procura di Caltanissetta indaga su alcuni magistrati sospettati di "aggiustare" i processi contro la mafia.

11 novembre La Procura di Caltanissetta emette 18 mandati di arresto contro i presunti responsabili della strage di Capaci.

A testa alta

Qué importa nuestra codardía si hay en la tierra
un solo hombre valiente...

J.L. Borges

Era un uomo buono solo disarmato. In quattro andarono a spararigli[1].

Lo spiarono, lo seguirono, lo raggiunsero sul portone di casa. In silenzio gli andarono alle spalle. Lo fermarono. E per fermarlo lo chiamarono *padre*, perché era un sacerdote.

Immobile, l'omicida teneva in pugno la vittima e la pistola. Non ebbe il coraggio di parlare. E un altro mentí per lui. «È una rapina», disse.

Ai suoi assassini rivolse tre parole: «Me lo aspettavo». Furono le ultime che pronunciò. Sorrise, e fu l'ultimo dei suoi sorrisi.

Dei quattro, uno solo sparò. Un solo colpo. Alla nuca.

Per rabbia lo uccisero. Per rabbia, per paura, per invidia. Perché dall'altare li aveva chiamati animali. Perché lo minacciavano, e camminava a testa alta. Perché in Sicilia, terra di rispetto, stava insegnando che si può dire di no.

Dopo, qualcuno si vantò, qualcuno si pentí, qualcuno disse che era stato costretto. Uno dopo l'altro, tutti finirono in trappola. Balbettò l'assassino[2]: «Pesava su di noi un fato oscuro, una maledizione...»

Questa è la storia del parroco di Brancaccio[3].
È la storia di un uomo che ha avuto coraggio.

1. *In quattro andarono a spararigli*: I quattro sicari vengono elencati a p. 101.
2. *l'assassino*: a sparare a don Giuseppe Puglisi è stato Salvatore Grigoli (vedi pp. 101 e seguenti).
3. Brancaccio: quartiere periferico a sud-est di Palermo. L'origine del nome e la storia del quartiere sono ricostruite alle pagine 3 e 4.

L'ultimo sabato di settembre del 1990 il cardinale Salvatore Pappalardo, arcivescovo di Palermo, firma la lettera di nomina del nuovo parroco per la chiesa di San Gaetano e di Maria Santissima del Divino Amore a Brancaccio. Quella firma mette fine a una lunga ricerca.

Il nuovo parroco è un sacerdote di cinquantatre anni, si chiama Giuseppe Puglisi. Per tutti è don Pino. O meglio, poiché la devozione siciliana chiama padre il *parrinu*[1], fondendo in un'unica espressione il prete e il padrino, padre Pino Puglisi.

Tre P in fila. Il nuovo parroco è il primo a scherzare con quell'allitterazione[2]. A volte, per gioco, si firma 3P, come un personaggio dei fumetti.

Don Pino è a quel tempo un sacerdote che ha, nella chiesa palermitana, una consolidata posizione. È direttore del Centro diocesano vocazioni[3]. Ha un incarico di prestigio a Roma, nel Consiglio nazionale vocazioni, che dovrà abbandonare per dedicarsi alla parrocchia. Inoltre insegna religione nel liceo classico «Vittorio Emanuele», ed è un lavoro cui tiene. I ragazzi lo adorano. Da sempre. Perché ha un talento speciale: ascolta. Per ore, se capita. Senza fiatare, senza fretta, senza interrompere. E crede fermamente che in ognuno gridi una vocazione, una chiamata, un destino. Il talento è scoprirlo. E seguirlo.

Quando il suo destino lo conduce a Brancaccio, padre Puglisi lo segue senza resistere. Qualcuno dei suoi ragazzi protesta; qualcuno obietta che il quartiere è pericoloso. Don Pino ci scherza su:

1. *parrinu:* nel dialetto siciliano la voce *parrinu* indica tanto il prete quanto il padrino di battesimo o cresima.

2. *allitterazione*: successione di parole che iniziano nello stesso modo, in questo caso con la medesima consonante: Padre Pino Puglisi, da cui il nomignolo «3P».

3. *Centro diocesano vocazioni*: ufficio della comunità ecclesiastica che si occupa della promozione della vita religiosa. Le molteplici attività dei Centri diocesani sono coordinate dal Consiglio nazionale vocazioni.

«E come potevo rifiutare? – dice. – Sono diventato il parroco del *papa*».

È un gioco che, nella Palermo di allora, non ha bisogno di spiegazioni e, nella sbiadita memoria di oggi, appare meno comprensibile. Il *papa* è, per ingiuria – ovvero, per soprannome – Michele Greco[4], mafioso e ricco possidente, a lungo ossequiato, capo di Cosa Nostra dalla fine degli anni Settanta. Capo per pura forma, hanno stabilito numerose ricostruzioni giudiziarie; nei fatti, burattino manovrato dai corleonesi[5] di Totò Riina. Le terre di Michele Greco si estendono sulla collina di Ciaculli, a sud di Brancaccio.

Fisicamente, geograficamente Ciaculli incombe su Brancaccio. E la grande ombra del *papa* di mafia, pur prigioniero in quell'autunno del 1990, chiuso in cella con la Bibbia come lettura prediletta, si proietta sulla chiesa di San Gaetano. Di quell'incombere, nell'apparente svagatezza dello scherzo, il nuovo parroco mostra di essere perfettamente a conoscenza.

Del personaggio Puglisi, del parroco don Pino, quella battuta lieve dice assai piú di quanto appaia a prima vista. Svela il suo amore per la leggerezza, il gusto di non prendersi sul serio, di sdrammatizzare. Ma svela anche il suo essere consapevole che Brancaccio è terra di mafia. E di pericolo.

Era durata un anno la ricerca del nuovo parroco per la chiesa di San Gaetano. Periferia povera, quel quartiere a sud-est della città, sulla via che da Palermo va verso Villabate[6], è terra di desolazione e di spavento. Perfino il nome sembra evocare minacce, rimandare a inquietanti etimologie. Brancaccio da abbrancare? O da branco e da caccia, saldate in un'unica parola, suggellata da quella desinenza, -accio, che suona come un peggiorativo?

Ma nulla di minaccioso o di inquietante c'è nell'origine del nome. Una naturale discendenza: risale al fondatore, don Antonio Brancaccio, nobile napoletano arrivato a Palermo alla metà del Settecento, con l'incarico di reggere il governatorato[7] di Monreale.

4. *Il papa... Michele Greco*: il soprannome del boss rimanda alle sue capacità di mediatore tra le diverse famiglie mafiose.
5. *corleonesi*: gruppo mafioso originario di Corleone, nell'entroterra palermitano, che dalla fine degli anni Settanta, con a capo Totò Riina (in carcere dal 15 gennaio 1993), detiene la supremazia sulla criminalità organizzata siciliana.
6. *Villabate*: comune di circa 18.000 abitanti alle porte di Palermo.
7. *governatorato*: territorio affidato all'amministrazione di un governatore.

Assai piú recente è la fama oscura del quartiere. Appartiene ai primi anni Ottanta, alla furia della guerra di mafia. Tra il 1981 e il 1984 centocinquanta vittime, fra morti ammazzati e lupare bianche[8]. Agguati, sparatorie, inseguimenti, bombe, cacce all'uomo. Perché qui, a Brancaccio, Cosa Nostra ha messo a punto, e sperimentato su larga scala, una tecnica atroce di snidamento dei nemici: la vendetta trasversale, l'assassinio di mogli, amici, parenti, pur di stanare i rivali di cosca[9], pur di costringerli a uscire allo scoperto.

Parallelo alla guerra, negli anni Ottanta un tenebroso progetto di dominio si è proiettato su tutto il quartiere. La mafia ha aggredito l'area industriale, che è il cuore e, a lungo, è stata l'orgoglio di Brancaccio. Fabbriche intere sono andate a fuoco in attentati appiccati dagli esattori[10] delle cosche. Come una candela è bruciata la Cereria Gange: i mafiosi pretendevano di entrare nell'azienda come soci. Se i proprietari resistevano, bombe. Se continuavano a non piegarsi, nuovi attentati, incendi, distruzione. E una bomba, nel 1983, ha salutato l'inaugurazione del commissariato di polizia, tardivamente aperto su un territorio sguarnito.

Finita la mattanza[11], lo spavento dura. A pochi passi dalla chiesa di San Gaetano, là dove la bianca statua del santo solleva gli occhi verso il cielo, si apre via Conte Federico, cimitero di croci invisibili. E tutt'intorno sorgono le case degli uomini di Cosa Nostra.

Insomma c'è poco da stupirsi se per un anno sono venuti a dir messa preti da altre parrocchie e nessuno ha voluto fermarsi. Finché il cardinale ha convocato padre Puglisi, *Pinuzzo*. Lo conosce: sa che è umile e audace, mite e coraggioso. E sa che le missioni difficili lo attraggono.

L'offerta di una parrocchia di periferia, in un quartiere degradato, non ha nulla di seducente. Questo, paradossalmente, dà al cardinale la certezza che padre Puglisi accetterà. Come avviene. Senza discutere.

Eppure, al di là dell'obbedienza, si intuisce un'altra ragione, un richiamo piú profondo.

8. *lupare bianche*: scomparsa e probabile omicidio di persone legate ad attività mafiose; il fenomeno si lega quasi sempre a uno scontro tra clan rivali.
9. *cosca*: gruppo mafioso legato a una persona o a una famiglia.
10. *esattori*: inviati della mafia che riscuotono denaro da aziende, fabbriche e imprese commerciali assicurando in cambio sicurezza e protezione
11. *mattanza*: serie di delitti sanguinari; il nome deriva dalla fase finale della pesca del tonno in cui gli animali vengono arpionati ripetutamente.

Brancaccio è un ritorno a casa. In quelle vie, in quei cortili il nuovo parroco ha vissuto, ha giocato da bambino.

Terzo dei quattro figli di un calzolaio e di una sarta, Carmelo e Giuseppina, ha abitato per anni nel cortile Faraone, fra modeste casette a due piani.

Quando Pino era ancora ragazzo, la famiglia si è spostata poco piú in là, a Romagnolo, davanti al mare, sul golfo che si apre fra i due promontori: a ovest Monte Pellegrino, a oriente Mongerbino.

Con l'insistenza di un destino, anche il sacerdozio ha ricondotto Puglisi fra i vicoli della sua infanzia. Cosí, ai margini di Brancaccio è tornato, molti anni dopo, per cominciare il suo mestiere di *parrinu*.

Entrato in seminario a sedici anni, ordinato sacerdote a ventidue, il 2 luglio del 1960, nel santuario della Madonna dei Rimedi, ha ottenuto il primo incarico alla parrocchia del Santissimo Salvatore, in corso dei Mille, lo stradone che, con la via Brancaccio, si apre a lama di forbice all'uscita di piazza Scaffa.

Dunque il parroco conosce quei quartieri. Li ha visti mutare pelle tra gli anni Sessanta e Settanta, quando, da borgate agricole, sono esplosi fino a imbruttirsi in periferie segnate dalla speculazione. Ha visto cadere le casette a due piani, sparire i giardini, gli orti, gli agrumeti. E crescere i palazzi a dieci, dodici, quattordici piani. Li hanno tirati su signori venuti dal nulla. Si chiamavano Pilo, Ienna, Federico, Finocchio. Spesso non chiedevano neppure i soldi in banca per trasformarsi in costruttori.

Edilizia famelica. Mentre i palazzi crescevano, per fretta, per comodità, per brutale voglia di guadagno, il materiale di riporto[12] veniva buttato a mare, a Romagnolo. Era la spiaggia per le famiglie piú modeste, il contraltare alle cabine eleganti di Mondello[13]. Invaso, sommerso, dalla fine degli anni Settanta Romagnolo è un mare avvelenato che lambisce una striscia di sabbia bordata da erbacce e da immondizia. L'edilizia mafiosa lo ha annichilito, gli stabilimenti con le cabine colorate sono stati chiusi, una parte della gioia del quartiere è stata confiscata.

Padre Puglisi lo sa. Sa quanto peso ha la mafia in quelle zone. E della mafia conosce i gesti, i riti, gli uomini. E pensa, con tutto il cuore, che la mafia è il peccato.

12. *materiale di riporto*: sabbia, ghiaia e terra prelevati dal luogo di costruzione dei palazzi.
13. *Mondello*: elegante spiaggia a nord-ovest di Palermo.

Appena tre chilometri separano Palazzo delle Aquile, il Municipio di Palermo, dal cuore del quartiere di Brancaccio, ma è la distanza fra due universi. Una distanza che ha un'evidenza immediata, quasi fisica: un passaggio a livello sbarra la via Brancaccio, non appena ci si lascia alle spalle il ponte dell'Ammiraglio dove, il 27 maggio 1860, i garibaldini entrarono a Palermo travolgendo la resistenza borbonica, «una resistenza quasi feroce» come beffardamente annota Giuseppe Cesare Abba[1], cronista dell'impresa dei Mille.

È un passaggio a livello che si alza e si abbassa con frequenza, perché presidia la linea ferroviaria fra Palermo e Messina: Brancaccio è l'ultimo scalo prima della stazione centrale. Simile a una frontiera, la sbarra bianco-rossa rompe il rapporto del quartiere con la città, lo isola, lo sigilla a riprese regolari in una sua singolarità di mondo chiuso. Proseguendo sulla via Brancaccio, un secondo passaggio a livello ribadisce la separatezza, l'esclusione.

Fra l'uno e l'altro, la miseria degli «Stati Uniti». Curioso nomignolo, che ognuno spiega a modo suo: c'è chi sostiene che in quei cortili gli angloamericani, dopo lo sbarco del '43[2], si lasciarono dietro qualche figlio e piú di un ricordo e c'è chi dice che quelle stecche di case basse consegnarono famiglie di disperati alla famelica emigrazione siciliana verso gli Usa.

Lí vivono gli ultimi, i diseredati. In quelle stecche tarlate di case a due piani, mangiare ogni giorno è un'impresa, un sogno, una fatica. Piú avanti le casupole diventano palazzi: i soliti casermoni che esibiscono l'ordinario squallore delle periferie meridionali, tirati su nella persuasione che gli uomini possano vivere nella bruttezza senza diventare peggiori. Piú avanti ancora, dove la lunga,

1. *Giuseppe Cesare Abba*: (1883-1910) volontario dell'esercito garibaldino; in un testo autobiografico, intitolato *Da Quarto al Volturno*, ha ricostruito l'impresa dei Mille.
2. *lo sbarco del '43*: il 9 luglio 1943 le truppe angloamericane sbarcarono sulle coste della Sicilia e il 22 liberarono Palermo.

stretta, caotica via Brancaccio, davanti alla statua di san Gaetano, si biforca in via San Ciro e via Conte Federico, appare qualche villetta, perfino qualche albero: sono le rare dimore dei benestanti. Per il resto, abitano nel quartiere ferrovieri (tanti), impiegati: una piccola borghesia decorosa che si è ritrovata a Brancaccio quasi per caso e riduce all'essenziale i contatti con il quartiere, con i vicini. E con gli sfrattati, soprattutto: famiglie intere deportate dal Comune nei condomini costruiti dai costruttori mafiosi, strappate alle loro case, i pericolanti catoi[3] del centro storico. Sradicati, gli sfrattati hanno portato con sé la loro miseria. E un'ossessione: far soldi, con ogni mezzo, arraffare, accumulare, scialare[4].

Questa è Brancaccio nell'ultimo scorcio dell'anno 1990: un mondo esploso, diviso. Soggetto al controllo minuzioso, ineludibile[5] della mafia. Sul quartiere, dirà un mafioso diventato collaboratore di giustizia[6], Gioacchino Pennino, Cosa Nostra esercita «un comando geloso». Geloso di ogni altro potere, di ogni interferenza, di ogni autorità esterna, estranea, incontrollabile.

Il nuovo parroco si presenta ai parrocchiani sabato 6 ottobre, dieci minuti prima della messa vespertina[7]. Quell'arrivo in anticipo è un riguardo che nessuno può ancora apprezzare pienamente. Padre Puglisi è un ritardatario di natura. Non per pigrizia, né per colpa. «Il tempo non lo guardava», dirà di lui l'economo della parrocchia[8], Mario Renna. Se qualcuno lo incontra per caso e ha bisogno di parlargli, Puglisi si ferma e ascolta, incurante di ogni impegno, di ogni appuntamento.

San Gaetano è una chiesa settecentesca, di semplicissimo impianto. Piccola, raccolta, in quell'ottobre 1990 appare segnata da crepe vistose. Le ha lasciate il terremoto del 1968, il sisma che ha devastato il Belice. Nessuno ha ancora provveduto a ripararle. Il parroco viene subito avvertito che le campane vanno suonate con cautela, per paura che crolli il campanile. È probabile che, alla notizia, Puglisi abbia reagito con divertimento.

È un uomo minuto, esile, allegro, dall'apparenza ingannevolmen-

3. *catoi*: piccole e malsane abitazioni spesso collocate sotto il livello della strada.
4. *scialare*: condurre una vita lussuosa, senza fare alcun risparmio.
5. *ineludibile*: che non si può evitare.
6. *collaboratore di giustizia*: imputato per reati di terrorismo o mafia che, una volta catturato, decide di collaborare con la legge fornendo informazioni utili per le indagini in cambio di particolari benefici.
7. *messa vespertina*: messa che si celebra al tramonto.
8. *economo della parrocchia*: chi amministra i beni della parrocchia e provvede alle spese occorrenti.

te fragile. È un sacerdote della generazione del Concilio[9], predilige gli ultimi, i dimenticati. Non veste da prete: d'estate indossa calzoni scuri e maglietta blu; d'inverno completa il guardaroba con un giubbotto blu. A Godrano, il paese di montagna, alle spalle di Palermo, dove è stato parroco dal 1970 al 1978, i fedeli, abituati all'ordinario svolazzar di tonache, lo chiamavano, con un filo di sbalordimento, *u parrinu chi cavusi*, il prete in pantaloni.

Non tiene alle formalità. Agli studenti del suo liceo si presenta il primo giorno di lezioni con uno scatolone sottobraccio, lo posa a terra nel silenzio generale, ci salta su e ride: «Avete capito chi sono io? Un rompiscatole, ecco chi sono».

Ride spesso. E sorride sempre. È un sorriso che spesso spiazza l'interlocutore: è di divertimento? è il segno di una naturale, incontenibile gioia di vivere? è un sorriso beffardo? è ironico?

Quando il parroco arriva, non trova una gran folla ad attenderlo. Non si stupisce. Sa che sulla parrocchia pesa una fama capace di fare il vuoto tra i fedeli, soprattutto a Brancaccio: fama di parrocchia «comunista». E poco importa che il muro di Berlino sia crollato e il Pci si prepari a cambiar nome[10].

Comunista, per diffuso giudizio – o pregiudizio – nel quartiere, era il predecessore di don Puglisi, Rosario Giué. Un giovane prete ardente: studioso appassionato della Teologia della liberazione[11], innamorato della figura dell'arcivescovo Oscar Romero, morto sull'altare, ucciso dai militari nel Salvador dilaniato dalla guerra civile. Nominato parroco di Brancaccio nel 1986, Giué resterà per quasi quattro anni, vivendo quel quartiere di Palermo come un angolo di Terzo Mondo da riscattare. È un messaggio forte, coraggioso, che attira intorno al sacerdote un gruppo di giovani, ma respinge la massa dei fedeli, convinti tutti che Giué sia, appunto, un *comunista*. Nel 1989 è lo stesso parroco a chiedere al cardinale una pausa di riflessione e a ottenere la temporanea sospensione dagli incarichi sacerdotali.

Appena arrivato in parrocchia, padre Puglisi disperde il gruppo

9. *Concilio*: riunione di tutti i vescovi presieduta dal Papa; il riferimento è al Concilio Vaticano secondo, avviato nel 1962 da papa Giovanni XXIII, che introduce un importante rinnovamento nella Chiesa.

10. *il muro di Berlino... cambiar nome*: a partire dal novembre 1989 viene abbattuto il muro che dal 1961 divideva la parte orientale di Berlino da quella occidentale; l'evento diventa simbolo della caduta del comunismo nell'Europa orientale. Nello stesso periodo, il Partito comunista italiano si appresta a cambiare nome e nel 1990 diventa Pds (Partito democratico della sinistra).

11. *Teologia della liberazione*: interpretazione religiosa nata in America Latina alla fine degli anni Sessanta; unisce fede e lotta per la giustizia.

di giovani che si era creato intorno a Giuè. Racconta un suo ex allievo, Francesco Deliziosi, in una biografia scritta per l'Arcidiocesi di Palermo: «Disse loro: "Forme di collaborazione sono possibili ma la chiesa non può essere la sede di un partito o un circolo ideologico"»[12]. Basta perché la debolissima sinistra del quartiere lo consideri un restauratore, un normalizzatore[13] spedito dalla Curia per riportare l'ordine a Brancaccio. Nessuna collaborazione, è la conclusione.

Un vento di restaurazione sembra soffiare, in quell'autunno del 1990, su Palermo, sulla Sicilia intera. Freddo vento di amarezza, di delusione che spazza le speranze di una stagione. La politica ha appena archiviato le giunte eretiche del sindaco democristiano Leoluca Orlando che includevano verdi e comunisti. Sono finiti i girotondi e le feste in piazza della «primavera di Palermo», periodo di grazia in cui tanti hanno creduto di poter cambiare la politica, spezzando l'ipoteca di mafia sulla città[14].

Alle amministrative di maggio Orlando, che pure è già stato licenziato da sindaco, ha incassato settantamila preferenze in una città di settecentomila abitanti. Un trionfo che ha trascinato la Dc alla maggioranza assoluta ma, insieme, l'ha riempita di rancore. Perché l'ex sindaco trionfatore, diventato una bandiera dell'antimafia, è il grande accusatore delle compromissioni, delle tiepidezze, dei legami obliqui del suo partito. E ha ingaggiato uno scontro frontale con il presidente del consiglio Giulio Andreotti, gran protettore dell'uomo forte della Dc siciliana, Salvo Lima.

Dovranno passare pochi mesi perché Orlando fondi un nuovo partito, la Rete, poco piú di tre anni perché della Dc scompaia anche il nome.

In Municipio cinge la fascia di primo cittadino uno scolorito democristiano, Domenico Lo Vasco. Guida un monocolore[15]. Il 3 settembre si presenta alla fiaccolata in onore del generale Carlo Alberto dalla Chiesa[16], viene fischiato, ma non mostra inquietudine.

12. F. Deliziosi, *Don Giuseppe Puglisi. Il prete martire ucciso dalla mafia*, Arcidiocesi di Palermo 1999, p. 23.
13. *normalizzatore*: che riporta allo stato di normalità.
14. *Le giunte eretiche... mafia sulla città*: tra il 1985 e il 1990, il sindaco di Palermo Leoluca Orlando crea una giunta comunale in cui, accanto alla Democrazia cristiana (il maggior partito dell'epoca), sono presenti esponenti della sinistra (verdi e comunisti). Questa fase politica, per la forte carica di innovazione rispetto al passato e per la denuncia della presenza mafiosa tra le istituzioni, fu chiamata "primavera di Palermo".
15. *un monocolore:* una giunta composta da rappresentanti di un solo partito.
16. *Carlo Alberto dalla Chiesa*: generale dei carabinieri e in seguito prefetto di Palermo; viene assassinato dalla mafia il 3 settembre 1982 insieme alla moglie e a un agente di scorta.

Ingialliscono negli archivi le immagini del maxiprocesso del 1986[17], i lividi mafiosi in gabbia nel bunker dell'Ucciardone. Un diluvio di condanne li ha seppelliti: dei 456 imputati, 342 sono stati dichiarati colpevoli. Una svolta storica dopo gli anni delle assoluzioni per insufficienza di prove, il sigillo dell'impotenza dello Stato nel giudicare la mafia. Diciannove sono state le condanne all'ergastolo, pronunciate soprattutto contro gli uomini della Cupola, il comando supremo di Cosa Nostra[18], indicata per la prima volta come mandante collegiale dei piú grandi delitti.

A Palazzo di Giustizia la squadra che aveva costruito quella vigorosa offensiva viene dispersa, fiaccata. La Corte d'Appello cancella un paio di ergastoli, ridimensiona alcune condanne. Piccole correzioni, l'impianto del maxiprocesso non è toccato. Ma ha tutta l'aria di un avviso amaro: sembra l'annuncio di un cambio di stagione, il preludio a possibili demolizioni in Cassazione[19].

Negli uffici della Procura della Repubblica c'è un nuovo procuratore aggiunto[20]. Si chiama Giovanni Falcone[21]. Il mondo intero lo conosce e lo ammira come il massimo esperto di mafia, il regista autorevole del maxiprocesso. È il giudice che nel 1984 ha convinto un mafioso di rango, Tommaso Buscetta[22], a rinnegare l'omertà[23] e a disegnare un impressionante ritratto di Cosa Nostra, del suo potere, dei suoi crimini.

Al primo interrogatorio Buscetta aveva avvertito il giudice: «Prima proveranno a distruggere me, poi passeranno a lei». Esatta profezia. Dalla fine degli anni Ottanta la carriera di Falcone è un calvario di inciampi, sgambetti, colpi bassi, velenose insinuazioni. A Roma il governo lo ha scartato per la nomina ad Alto commissario antimafia, preferendogli un magistrato esperto in terrorismo; i suoi colleghi hanno bocciato la sua elezione al

17. *maxiprocesso del 1986*: importante processo contro la mafia tenutosi in un'aula del carcere palermitano dell'Ucciardone. Conclusosi nel dicembre 1987, costituisce un'importante condanna della struttura dirigente della mafia.
18. *Cosa Nostra*: nome con cui la mafia italoamericana chiama se stessa.
19. *Cassazione*: supremo organo giudiziario a cui si ricorre dopo il giudizio di primo grado e di secondo grado (Corte d'Appello); analizza i soli aspetti giuridici dei precedenti processi senza entrare nel merito dei fatti. Il 30 gennaio 1992 la Cassazione annullava solo in parte le sentenze in appello del maxiprocesso, ma confermava l'ergastolo per i principali imputati.
20. *procuratore aggiunto*: il numero due della procura, dopo il procuratore capo.
21. *Giovanni Falcone*: magistrato simbolo della lotta alla mafia; viene ucciso in un attentato il 23 maggio 1992 insieme alla moglie e alla scorta.
22. *Tommaso Buscetta*: appartenente a un'importante cosca mafiosa, nel 1984 inizia a collaborare con la giustizia: le sue importanti rivelazioni favoriscono la creazione del primo maxiprocesso alla mafia.
23. *omertà*: decisione di non riferire alcuna informazione alla giustizia per ostacolare l'individuazione e l'arresto dei criminali.

Consiglio superiore della magistratura[24]. A Palermo il procuratore capo, suo superiore nella gerarchia giudiziaria, trascura la delega di Falcone alle inchieste antimafia, lo costringe perfino a fare anticamera, come un visitatore importuno[25].

Nel marzo 1991, nominato direttore degli affari penali al ministero della Giustizia, Falcone andrà a Roma. «La verità è che qui non riesco piú a lavorare» dirà con amarezza al collega Giuseppe Ayala, lasciando Palermo[26].

L'Italia è distratta, indifferente. Vive senza passione un ritorno all'ordine in cui nessuno sembra intravedere la nera ombra di tempesta e di strage che si addensa sulla Sicilia, sul paese intero: la tempesta che sta per annegare una classe di governo e insieme, in inquietante sintonia, una generazione di mafia; la strage che sta per scatenarsi contro giudici coraggiosi e cittadini inermi[27].

Nella quiete opprimente che cala su Palermo in quell'autunno del 1990, solo un veggente, un profeta, un indovino potrebbe leggere l'agonia di un mondo che sta per andare in pezzi, e non lo sa. La città sente rifluire l'onda di piena della rivolta antimafia. Ci vorrà il sangue delle stragi per ravvivare l'impegno lo sdegno la passione. Ora è risacca[28]. I piú si adeguano.

24. *Consiglio superiore della magistratura*: organo costituzionale (presieduto dal capo dello Stato) cui spettano assunzioni, trasferimenti, assegnazioni di funzioni e provvedimenti disciplinari nei confronti dei magistrati.

25. Le notizie su Giovanni Falcone sono tratte da F. La Licata, *Storia di Giovanni Falcone*, Rizzoli 1993.

26. G. Ayala - F. Cavallaro, *La guerra dei giusti*, Mondadori 1993, p. 205.

27. *la strage... inermi*: i primi anni Novanta sono segnati da terribili attentati: vengono assassinati i giudici Giovanni Falcone (maggio 1992) e Paolo Borsellino (luglio 1992) con le loro scorte; a Roma, Firenze e Milano (maggio-luglio 1993) alcuni attentati provocano la morte di dieci persone (vedi pp. 85-86).

28. *risacca*: moto di ritorno di un'onda; il riferimento è al tentativo fatto dalla mafia di ristabilire il passato sistema di potere.

Cominciò bussando a tutte le porte. «Bisogna prima conoscere, – diceva; – poi capire, infine agire». In un quartiere murato dalla paura, sigillato dal silenzio, chiedeva alla gente di aprirsi, di raccontare di sé.

Cu è orbu, surdu e taci, campa cent'anni in paci[1]: cosí recita un proverbio siciliano. È un omaggio all'omertà. I mafiosi lo citano spesso, compiaciuti. Si dice che i proverbi custodiscano la saggezza dei popoli. A volte chiudono la loro maledizione.

Il parroco, dunque, voleva vedere, sapere, parlare. Ottomila anime gli erano state affidate. Chi erano? Come vivevano, di che cosa? Dove abitavano, e in quali condizioni?

Organizzò un censimento, quello che il Municipio mai s'era sognato di fare. Si fece aiutare dalle assistenti sociali della Scuola di Santa Silvia. Era umile e tenace nel chiedere aiuto, nel costruire solidarietà.

Non tutte le porte si aprirono. Alcune si spalancarono sull'inferno: vite miserabili, fame, malattie tenute segrete, invalidità nascoste. Famiglie intere ridotte a vivere in un'unica stanza. Handicappati legati ai letti, «disturba, padre...» Malati di mente segregati. Bambine precocemente invecchiate, grottescamente travestite da donne, prostituite. Vecchi abbandonati.

E fuori, un quartiere dove tutto manca, dall'illuminazione pubblica all'asilo, dal pronto soccorso alla scuola media. Tutto.

È un quadro disperante. Potrebbe convincere tanti alla resa. Non padre Puglisi. Ha troppa passione, troppa fede, troppo amore per gli ultimi. E sa che l'unica battaglia perduta per sempre è quella che si rinuncia a combattere.

Solo che nessuno può pensare di combattere da solo. Cosí cerca aiutanti, alleati, amici. Dopo le assistenti sociali, chiama i ragazzi della Fuci, la federazione degli universitari cattolici. Nel

1. *Cu è orbu... in paci*: "chi si finge cieco, sordo, muto vive in pace per cento anni".

1990 il cardinale Pappalardo lo ha designato come loro assistente spirituale. Per diversi mesi il sacerdote e gli universitari si sono incontrati due volte la settimana nella chiesa di San Francesco Saverio, all'Albergheria, nel cuore della Palermo antica, tra dimore nobiliari in rovina, fetidi vicoli, macerie della seconda guerra mondiale.

Una sera il parroco propone agli studenti: «Perché non ci vediamo a Brancaccio?» Fra gli altri, ad ascoltarlo, c'è un ragazzo di vent'anni, Salvo Palazzolo, che diventerà poi giornalista: «Accadde alla riunione del martedí, eravamo una ventina. Con grande naturalezza padre Puglisi ci chiese di incontrarci nella parrocchia di San Gaetano. Tutti un po' perplessi, si capisce: la zona era considerata off-limits[2]; e poi le nostre riunioni cominciavano alle 21 e finivano alle 23. Insomma, c'era un po' di scetticismo. Comunque, una sera si parte per Brancaccio, tutti insieme, per non andare alla spicciolata. Fu una spedizione anche molto allegra. Arrivammo alla chiesa, era molto diversa da come appare adesso. C'era un cancello che si apriva su un minuscolo giardino incolto; da lí si entrava nella canonica, che aveva una sacrestia molto piccola. Noi ci riunimmo nella sacrestia. Sopra la chiesa c'era una biblioteca. Ci si arrivava traversando cunicoli, chinandosi per passare da un ambiente all'altro. La biblioteca era grande. Lí si erano tenute le riunioni del gruppo di Giué».

Fra gli studenti che frequentano la Fuci, alcuni non avevano mai messo piede oltre il passaggio a livello, mai avevano varcato l'invisibile frontiera che divide la città da Brancaccio.

Perché andarci? L'unica gloria locale è il castello di Maredolce, costruito intorno all'anno Mille, nella Palermo araba, per ordine dell'emiro Giafar. Con il castello, l'emiro volle anche un lago artificiale e, al centro, un'isola.

Sulle rive del lago re Ruggero fece costruire una villa. Fu un luogo di delizie per i re normanni e, piú tardi, per l'imperatore svevo Federico II.

Oggi il lago non esiste piú, il castello è rimasto in rovina fino alla fine del secolo. Lo circonda un anello di catoi, popolati da donne che attingono l'acqua per strada da grandi recipienti in plastica. Abitato fino a tempi recentissimi, il castello appare adesso in restauro.

Su un antico portone in legno, che sembra essere stato l'ingres-

2. *off-limits*: proibita, inaccessibile.

so principale dell'edificio, un'attenta raschiatura ha cancellato una vecchia scritta tracciata a stampatello, con la vernice bianca. Proclamava, con piú determinazione che rigore ortografico: IO UCIDERO' DOMENICO.

Gli inviti rivolti prima alle assistenti sociali, poi agli universitari della Fuci sono l'indizio di una strategia. Padre Puglisi vuole rompere l'isolamento di Brancaccio; far penetrare, nell'universo chiuso del quartiere, energie nuove, fresche; smuovere quel tempo immobile.

Non è un'impresa facile. Nell'avviarla, occorre cautela, accortezza, perfino dolcezza.

Palazzolo è stato testimone di quegli inizi. Il 22 marzo 1996, chiamato a deporre nel processo per l'assassinio di padre Puglisi, ha raccontato il senso di ostilità, di separatezza che accompagnava l'ingresso degli universitari nella parrocchia di San Gaetano: «Non si potevano fare degli incontri perché c'erano delle resistenze; non si potevano fare delle manifestazioni perché si diceva che non era consono all'ambiente del quartiere; ci raccontavano che fino a qualche tempo prima, a Brancaccio, c'era quasi il coprifuoco la sera».

La gente è diffidente, la parrocchia poco frequentata. E il parroco va per strada. «Spesso ci capitò di celebrare la messa fuori della chiesa, letteralmente in piazza. Padre Puglisi voleva un modello di chiesa che stesse sul territorio, che vedesse una partecipazione corale di tutti quelli che stavano nel quartiere...», dice Palazzolo.

L'ostilità contro i giovani *forestieri*, la diffidenza verso gli estranei, non è un tratto del carattere isolano, un banale elemento di folclore. C'è una ragione forte dietro quella diffidenza, e la ragione è la mafia.

Brancaccio è il luogo d'origine di alcuni fra i piú abili killer al servizio di Cosa Nostra. E nel quartiere i latitanti[3] sono parecchi. In quelle strade, in quei vicoli, si muovono a loro agio, protetti dal terrore che incutono, al riparo da ogni possibile denuncia. Ogni estraneo è, insieme, un pericolo e una minaccia. I mafiosi non tollerano presenze incontrollate, incontrollabili, ragazzi che li guardano senza timore, li squadrano senza rispetto. A testa alta.

3. *latitanti*: individui che fuggono o si nascondono per evitare l'arresto.

C'è luce fino a tardi nella canonica di via Brancaccio. Oltre il vecchio cancello, oltre il giardinetto incolto, voci di ragazzi e ragazze, chiacchiere, risate. È l'unico luogo vivo in un quartiere morto.

Attratti, tentati, incuriositi arrivano i ragazzi di Brancaccio. Pochi all'inizio. Due, tre. Uno di loro ha vent'anni, si chiama Giuseppe Carini, è iscritto all'Università, studia medicina e chirurgia. È il terzo dei cinque figli maschi di un impiegato delle Ferrovie. Una buona, onesta famiglia. Di suo padre, Giuseppe dice: «Era uno che, se si parlava di una nuova tassa, andava a pagarla prima ancora che il Parlamento la approvasse».

La famiglia materna, però, è impastata di mafia, piú di un parente appartiene a Cosa Nostra. Non è una condizione eccezionale: «A Brancaccio, – sostiene Giuseppe, – una porta sí e una no c'è una famiglia legata a Cosa Nostra».

È quel che si definisce, per burocratica comodità d'espressione, «un quartiere ad alta densità mafiosa».

Fra i parenti di Giuseppe c'è un cugino, che la famiglia intera chiama con rispetto «lo zio»: è un temuto uomo d'onore[1]. Porta al collo una catena d'oro con un crocifisso alto quasi quanto il palmo della mano. Nel volto del Cristo gli occhi sono pietre preziose: per strada rifulgono nel sole; nelle riunioni di famiglia la luce dei lampadari li accende di bagliori.

Giuseppe ricorda che, da bambino, lo spettacolo di quel crocifisso lo incantava. Guardava lo zio passare per le strade di Brancaccio, alto, imponente, rispettato. E gli sembrava che il mondo, tutto il mondo, si dividesse in due: la brava gente, onesta e timorata di Dio, costretta a camminare a testa bassa, e gli uomini d'onore, che incutono timore e rispetto, gli unici cui è concesso di camminare a testa alta.

Da bambino – e con piú forza ancora, da adolescente –

1. *uomo d'onore*: appartenente all'organizzazione mafiosa.

Giuseppe ha deciso che, da grande, anche lui avrebbe camminato a testa alta. Come lo zio. Senza mischiarsi al gregge dignitoso degli onesti, che procedono in fila, a testa bassa. Giuseppe l'ha giurato: nessuno sarà capace di piegarlo, a qualunque costo lui diventerà un uomo di quelli che non abbassano gli occhi.

Bassino, tarchiato, occhi chiari, lunghe ciglia, Giuseppe è un ragazzo allegro, sportivo. Gli piace giocare a calcio. Sul campo da gioco incontra ragazzi della sua età o poco piú grandi. Alcuni sono già uomini d'onore. Giuseppe lo sa. Ha con loro rapporti cordiali. Sa farsi benvolere. Spera che lo accolgano fra loro. Cosa Nostra lo attrae. Ma qualcosa, in quel destino di sangue, confusamente, oscuramente, lo spaventa.

Nell'autunno del '90, a vent'anni appena compiuti, Giuseppe è un ragazzo sbandato, incerto sul futuro. Da bambino ha frequentato la parrocchia di San Gaetano, è stato pure chierichetto. Poi se ne è allontanato. Negli anni del parroco Giué, si è tenuto alla larga: «Nel mondo che ho frequentato, lo giudicavano un comunista. Non avevano stima di lui, nessuna preoccupazione, dicevano che si sarebbe rovinato da sé, bastava lasciarlo fare».

È un amico, studente universitario come lui, Fabio Di Giuseppe, a insistere perché conosca padre Puglisi. Già al primo incontro il parroco gli chiede di occuparsi dei bambini: «Dovevo farli giocare, mi disse, fargli passare un po' il tempo. Io all'inizio ero un po' restio, primo perché andavo all'Università e non avevo troppo tempo libero, poi per le pressioni culturali dell'ambiente che frequentavo. Cosí accettai per un'oretta la settimana. Presto le ore diventarono due, poi quattro, poi un'intera vita...»

Togliere i bambini dalla strada, insegnare loro – nel modo piú naturale: attraverso il gioco – che esistono regole, principî. Puglisi non pensa ad altro. Camminando per le strade di Brancaccio, vede i piccoli guizzare in mezzo alle macchine, ciondolare nei vicoli nell'ora in cui dovrebbero essere a scuola, li scopre a lavorare in nero come garzoni nei bar, nelle officine, nelle botteghe. Sa che qualcuno viene arruolato per commettere furti, per spacciare droga. O li vede passare il tempo impegnati in giochi selvaggi: acchiappano cucciolate di gattini, li dànno da sbranare ai cani randagi. E pensa che da lí bisogna partire: dai bambini. Perché dai bambini comincia il mondo, la vita. E in ogni bambino il mondo ricomincia.

Ha mai saputo padre Puglisi che il ragazzo al quale, d'istinto, al primo incontro, aveva deciso di affidare i bambini, divideva il suo tempo fra la parrocchia e la compagnia degli uomini d'onore? Ha mai saputo che Giuseppe arrivava a San Gaetano col fiato in gola, timoroso d'esser visto, con la vergogna nel cuore? Questo sacerdote che studiava con passione i testi di psicologia, ha mai sospettato l'ambiguità, l'inquietudine, la coscienza divisa di quel ragazzo di vent'anni?

L'11 novembre 1997, in un'aula di giustizia, cosí Carini racconterà l'incontro con padre Puglisi: «Poiché sono nato in quel quartiere, sono anche cresciuto con quel modo di pensare. Posso dire di aver condiviso praticamente, per certi aspetti, quella cultura, quella mentalità, all'interno della quale o ti facevi forza da solo oppure iniziavi un po' a soccombere anche moralmente, psicologicamente... Frequentavo persone colluse con la criminalità: Giovanni Drago[2] l'ho conosciuto, abbiamo giocato assieme, Pino Drago, Giovanni Asciutto, Giuseppe Faraone[3] e tanti altri che giravano in quell'ambiente. Li ho conosciuti, ho vissuto con loro, ho giocato con loro, ho condiviso tutto quello che avevano condiviso con Cosa Nostra, ed ero anch'io schiavo di quella cultura, devo essere sincero, è cosí. Anzi posso dire di aver desiderato anch'io di entrare in quel mondo e a poco a poco ci stavo riuscendo.

Poi ho saputo di questo sacerdote; l'ho conosciuto in seguito a una crisi interiore, ho incominciato a mettere in discussione quanto avevo condiviso in cultura e mentalità. Con padre Puglisi non ho mai parlato apertamente di quello che è stato il mio problema: lui mi ha accettato cosí com'ero. Qualche volta mi guardava, capiva questo disagio interiore, ne sapeva la provenienza...»

Mi ha accettato cosí com'ero, dice Giuseppe. E anche: *mi guardava, capiva...* Dunque il parroco aveva immaginato, intuito: sapeva. Senza bisogno di parole. Doveva giudicare? condannare? chiedere un'abiura[4], una conversione? Non era il suo mestiere.

Gli uomini d'onore di Brancaccio si dànno appuntamento a pochi passi dalla parrocchia. Il loro luogo di riunione è la bottega

2. *Giovanni Drago*: membro del clan mafioso di Brancaccio, autore di quaranta omicidi, è diventato collaboratore di giustizia. In una sua dichiarazione spiega le ragioni che portarono all'uccisione di don Puglisi: «Il prete era una spina nel fianco. Predicava, predicava, prendeva ragazzini e li toglieva dalla strada. Faceva manifestazioni, diceva che si doveva distruggere la mafia. Insomma ogni giorno martellava, martellava e rompeva le scatole».

3. *Giovanni Asciutto... Giuseppe Faraone*: altri due appartenenti al clan di Brancaccio; Asciutto è stato condannato nel 1996 a undici anni di carcere.

4. *abiura*: rifiuto di idee e principi professati in precedenza.

di un barbiere. Giuseppe deve passare lí davanti per andare a San Gaetano. Non ha mai osato farlo. Non a piedi, almeno, offrendosi indifeso allo sguardo dei mafiosi riuniti. «Da casa mia alla chiesa ci sono quattro-cinquecento metri, non di piú. Ma c'era quel negozio di barbiere sulla strada. Ebbene io, per andare in chiesa, o aspettavo che passasse un amico con una macchina o un motore, e mi facevo dare un passaggio, oppure prendevo l'autobus, alla seconda fermata scendevo. Pensavo agli uomini d'onore, seduti dal barbiere, immaginavo i loro sguardi di rimprovero, di *disapprovo*[5]. Mi vergognavo davanti a loro. Sí, mi vergognavo di andare in quella chiesa, di frequentare quel sacerdote».

Oggi Giuseppe Carini non vive piú in Sicilia, a Palermo. Ha denunciato gli uomini di Cosa Nostra, ha testimoniato contro di loro. La sua famiglia lo ha rinnegato. Ha dovuto andar via: protetto prima dallo Stato come testimone, poi abbandonato al suo destino. Ha rinunciato al sogno di diventare medico. Per sopravvivere, ha accettato un mestiere umile. Se pensa ai mafiosi che hanno segnato il suo destino d'esilio, s'incanta a volte in un'ammirazione che lascia stupefatti, sconcertati: «Per capire, bisogna aver guardato da vicino un uomo d'onore, aver discusso con lui. Hanno una personalità molto forte, è come se irradiassero una potenza, una sicurezza incredibile...» Ed è come se nel suo sguardo avanzasse il fantasma dello zio, col fiammeggiante crocifisso al collo, a testa alta.

5. *disapprovo*: disapprovazione.

Fra le prime visite che il nuovo parroco riceve, c'è quella del comitato delle feste[1]. Garbate persone. Mafiosi, alcuni. Non la manovalanza bassa dei killer, s'intende. Notabili, piuttosto. Il comitato è un'istituzione, una colonna della parrocchia. Organizza la processione per il patrono, San Gaetano. Passando casa per casa, quelli del comitato riscuotono soldi, poi scritturano i cantanti, provvedono ai fuochi d'artificio. La raccolta delle offerte somiglia a un'estorsione[2]. Nella poverissima Brancaccio, il comitato riesce a tirar fuori anche 80 milioni per la festa.

E come ci si può tirare indietro, come si può rifiutare l'offerta per il patrono? Nel giorno dedicato a san Gaetano, il 7 agosto, c'è festa grande. Le processioni con la statua del santo illuminata sono un avvenimento. La benedizione del parroco è, insieme, ovvia e necessaria.

Non esce sempre, il santo. Negli anni della guerra di mafia è rimasto rintanato in parrocchia, segregato. Non era tempo di correre per strada, fra gli squadroni d'assassini in caccia.

Alla metà degli anni Ottanta, per celebrare la fine della guerra, san Gaetano è uscito in trionfale processione. Con la benedizione del parroco del tempo.

Ha scritto il magistrato Luigi Patronaggio in un saggio per il volume *La mafia dentro*: «È processualmente accertato[3] che diverse confraternite[4] operanti nelle borgate palermitane sono sorrette da Cosa Nostra perché tramandano una religiosità che è ordine e legittimazione»[5].

1. *comitato delle feste*: gruppo di persone che si occupa dell'organizzazione delle feste religiose nel quartiere.
2. *estorsione*: richiesta di denaro effettuata con la forza e la violenza.
3. *processualmente accertato*: accertato nel corso di un processo penale.
4. *confraternite*: associazioni di fedeli che si dedicano a opere di carità.
5. L. Patronaggio, *I valori tradizionali della mafia attraverso l'esperienza dei collaboratori di giustizia*, in G. Lo Verso (a cura di), *La mafia dentro*, Franco Angeli 1998, pp. 99-100.

La mafia ha un culto per la devozione. Annota ancora Patronaggio: «Cosa Nostra ha una Santa protettrice: si invoca la Madonna dell'Annunziata nei riti di iniziazione[6]. Non c'è killer mafioso che non abbia nel portafoglio un'immagine della Madonna».

Da pubblico ministero, Luigi Patronaggio ha investigato sull'assassinio di don Puglisi. Ha indagato il mistero della religiosità mafiosa. Ha scritto: «Il mafioso riceve una educazione religiosa di tipo tradizionale e si considera religioso. Quando si chiede a un collaboratore di giustizia che significato abbia avuto per lui essere stato religioso e insieme criminale, in genere risponde che ha ricevuto tutti i sacramenti, dal battesimo al matrimonio, che ha rispettato la Chiesa e i preti, che da mafioso non ha mai avvertito il disvalore[7] delle azioni compiute in quanto le stesse rispondevano a una morale superiore, a una sorta di ragion di Stato... Il mafioso è come un soldato: in guerra e per lo Stato è lecito uccidere. Il sacerdote deve essere per il mafioso come il cappellano militare[8]: un conforto, una giustificazione».

Nessun conforto, nessuna giustificazione trova il comitato delle feste nell'incontro con don Puglisi. Il parroco chiarisce subito che non autorizzerà piú che si raccolga il denaro casa per casa: niente piú esazioni[9], niente piú cantanti, niente piú fuochi d'artificio. Brancaccio è un quartiere troppo povero, di troppe cose ha bisogno per sprecare il denaro in botti e canti. Inutile insistere. Sorridente e inflessibile, il parroco non accetta di discutere la sua scelta. Il comitato delle feste sbanda, s'infuria, inorridisce: che parrino è mai questo, che pretende una festa senza luci e senza musica?

È la prima occasione per misurare il nuovo parroco. *Parrinu* e mafiosi si trovano faccia a faccia. E si scoprono avversari irriducibili.

6. *riti di iniziazione*: in questo caso, cerimonia attraverso cui si viene ammessi in un clan mafioso.
7. *disvalore*: valore negativo.
8. *cappellano militare*: sacerdote addetto al servizio religioso nell'esercito.
9. *esazioni*: riscossioni di denaro.

Del parroco di Brancaccio, chi l'ha conosciuto dice: era un uomo che sparava dritto. È un modo tutto palermitano per indicare il parlar schietto, asciutto: l'andare al cuore delle cose senza inutili giri di parole.

Padre Puglisi è chiaro come l'acqua, netto come la lama di un coltello. Lo dimostra questa sua relazione su Brancaccio, presentata a un convegno della Chiesa palermitana. Datata dicembre 1991, quindici mesi dopo l'insediamento, la relazione passa in rassegna, con ammirevole sintesi, i veleni del quartiere: la miseria, la mafia, la desolazione civile.

Gli abitanti sono ottomila, ma solo tremila sono i superstiti dell'antica borgata rurale. L'ambiente è disomogeneo e la presenza della mafia è soltanto uno dei problemi. Certo non il minore, ma per molti la vera preoccupazione è riuscire a mangiare ogni giorno.

Circa 150 famiglie arrivate dal centro storico si trovano concentrate in due enormi palazzi, in via Hažon 18 e in via Scaglione Simoncini. Stavano in case ormai inagibili, che crollavano a pezzi. Il Comune le ha fatte sgomberare e ha requisito questi due nuovi edifici. Le famiglie ora vi abitano ma si sono portate dietro solo la loro povertà.

È una terra di nessuno: i bambini vivono in strada. E dalla strada imparano solo le lezioni della delinquenza: scippi, furti... Ma anche la microcriminalità a Brancaccio deve rispettare certe regole. Tutto deve essere fatto «con il permesso di». Ad esempio, subito dopo l'arrivo di questi sfrattati dal centro storico ci fu un'ondata di furti d'auto. E alcuni di questi ladruncoli, per punizione, sono improvvisamente scomparsi. Agivano senza seguire le regole imposte dai mafiosi del luogo: chissà, forse li ritroveranno dentro qualche pilastro di cemento...

Poi evidentemente c'è stata la sottomissione e da allora non è scomparso piú nessuno. I furti continuano ma colpiscono solo chi non è «protetto». I ladri di questo genere, quindi, non sono «uomini d'onore» ma formano la rete di connivenze della mafia.

Sulla via Brancaccio, tra due passaggi a livello, vi è una zona chiamata Stati Uniti. Qui i piú poveri della città trovano rifugio in catoi che non possono chiamarsi case, ma costano pochissimo di affitto. Qui la povertà è anche culturale: molti non hanno conseguito neppure la licenza elementare. Come parrocchia abbiamo cercato di fare dei corsi per questi analfabeti, ma certo il nostro sforzo non è sufficiente.

C'è inoltre povertà anche dal punto di vista morale. In molte famiglie non ci sono principî etici stabili, ma tutto viene valutato sul momento, in base alla necessità. Non c'è rispetto per la propria dignità, per quella altrui. Non c'è rispetto per la proprietà. Da ciò nasce un insieme di «trasgressioni legali» – nel senso che la loro illegalità non è neppure avvertita – come il lavoro nero, il contrabbando, lo spaccio di droga, i furti...

Ci sono diversi ragazzi che sono stati o sono tuttora ospiti del carcere minorile, alcuni adulti agli arresti domiciliari, altri all'Ucciardone. Il degrado morale si propaga a tutta la famiglia. Moltissime coppie sono irregolari: a quattordici anni si fa la fuitina[1]*, alla quale segue solo dopo tempo il matrimonio riparatore.*

L'evasione scolastica[2] *è anche dovuta al fatto che Brancaccio è l'unico quartiere di Palermo in cui non esiste una scuola media. Chi vuole studiare deve sobbarcarsi lunghi spostamenti. Evidentemente questo fa comodo a chi vuole che l'ignoranza continui. C'è la scuola elementare ma neanche un asilo nido. Come strutture civili abbiamo solo la delegazione di quartiere. In sostanza si fa prima a dire quello che c'è: tutto il resto manca.*

Quel mancare di tutto sarà, dal primo all'ultimo giorno, l'angoscia e la passione del parroco.

1. *fuitina*: fuga di due fidanzati da casa in modo da mettere le rispettive famiglie davanti al fatto compiuto.
2. *evasione scolastica*: l'assenza continua dalle lezioni col mancato adempimento dell'obbligo scolastico.

L'11 gennaio 1991 a San Gaetano arriva in visita il cardinale Pappalardo. È un gesto di simpatia verso il parroco, di attenzione. Folla e festa. E domande: l'Autorità, cosí a portata di mano, è un'occasione da non sprecare. La gente del quartiere chiede, invoca, sollecita: aiuto, assistenza, chi bada ai poveri, chi pensa ai vecchi, chi sta dietro ai bambini, le suore ci vorrebbero, neanche le suore ci sono a Brancaccio... Eminenza, sa dove giocano i bambini? Per strada, correndo tra le macchine, a rischio di finirci sotto. E i vecchi, dove giocano a carte i vecchi? Per strada, la sera, tirandosi sulla testa una tenda di cellophane se piove. Cosí si combatte la vita a Brancaccio, Eminenza. Neanche le suore abbiamo, niente, a noi nessuno ci pensa. Perché non mandate almeno le suore?

Si può fare, concede il cardinale: se si trova il locale adatto, le suore possono venire, perché no. Padre Puglisi annuisce; sa a chi rivolgersi: alla congregazione delle Suore dei poveri di Santa Caterina da Siena. È stato loro ospite, a Livorno, per un ritiro spirituale[1]. Con uno dei suoi gesti teatrali, di punto in bianco ha domandato: «Chi di voi viene dalla Sicilia?» S'è alzata una selva di braccia. E lui, ridendo: «Ma come? siete in tante e non avete una casa in Sicilia?»

È tempo, pensa Puglisi, che abbiano quella casa. A Brancaccio.

Il parroco scrive. Ottiene che tre suore vengano mandate a Palermo. Naturalmente bisogna ospitarle, trovare un'abitazione decente. Dove? Il passaparola è rapido, efficace. Si scopre che c'è un immobile in vendita quasi di fronte alla parrocchia, al numero 461 di via Brancaccio. È un appartamento su due piani: locali in abbandono, ingombri di detriti, mangiati dall'umido. Al primo contatto il proprietario chiede 170 milioni. Poi ci ripensa: ne vuole 290. È una somma enorme.

1. *ritiro spirituale*: ritiro dedicato alla meditazione sui principi cristiani.

Nei documenti giudiziari sull'assassinio non c'è traccia di un'indagine su quella sconcertante impennata nel prezzo dell'immobile di via Brancaccio. Apparentemente nessuno ha scavato, nessuno ha approfondito, forse – semplicemente – nessuno si è sorpreso. Eppure quel cambiare le carte in tavola da un giorno all'altro è talmente sbalorditivo da esigere una spiegazione. Difficile pensare all'ingordigia di un proprietario che, possedendo un rudere, e scoprendo all'improvviso che ha un mercato, decide di ingannare l'acquirente, sia pure prete e parroco[2] per giunta. Sembra piuttosto d'intravedere, in controluce, un messaggio.

Enigmatico messaggio, che invita a non semplici decrittazioni[3]. Si può ipotizzare che l'impennata nella richiesta corrisponda a una larvata[4], ma fin dall'inizio brutale strategia di dissuasione. Già nell'incontro con il comitato delle feste, il parroco si è reso sospetto. Perché consentirgli di mettere radici piú salde nel quartiere, di espandersi addirittura? La seconda possibile ipotesi è che il proprietario dell'immobile – da solo? dietro suggerimento? – voglia avviare un mercanteggiamento, costringere il *parrino* a cercarsi un padrino, una protezione, l'autorevole intercessione di un personaggio che solleciti uno sconto. Prassi vuole che, nella conclusione degli affari, s'inframettano i mediatori, con la pretesa di operare a garanzia dell'una e dell'altra parte, in realtà per assicurare il controllo, quel «comando geloso sul territorio» del quale parla il collaboratore di giustizia Pennino.

Nella lettera in cui descrive il mondo di Brancaccio, padre Puglisi ha scelto la parola esatta per definire il rapporto che meglio corrisponde alle pretese della mafia: *sottomissione*. Questo, probabilmente, vuole da lui il proprietario di quella casa diroccata, o chi lo ispira: che si pieghi, si raccomandi, tratti. Che abbassi la testa.

Padre Puglisi non tratta. Non discute neppure sul prezzo. Sorride, accetta. Ci penserà la Provvidenza, dice.

Il cardinale ha promesso un aiuto. Lo dà: 30 milioni. Sono pochi, ma bastano per stipulare il compromesso[5]. E il resto, quella montagna di 260 milioni da scalare? Il parroco ci pensa solo un attimo: organizzerà una colletta, chiederà contributi ai suoi ex alunni, domanderà aiuto a tutte le persone che conosce, e conosce tanta gente. Bisogna solo cominciare. E il modo giusto è aprire un

2. *parroco*: prete al quale è affidata la cura delle anime di una parrocchia.
3. *decrittazioni*: decifrazioni, interpretazioni.
4. *larvata*: mascherata, sottintesa.
5. *compromesso*: contratto preliminare per l'acquisto dell'appartamento.

conto corrente postale. Quando si presenta allo sportello, don Pino ha solo 500 lire in tasca; per aiutarlo gli impiegati dell'ufficio postale si autotassano.

Decide di lanciare una lotteria. Non una cosetta artigianale: una lotteria ben organizzata, fatta pagando le tasse, chiedendo le autorizzazioni necessarie. La burocrazia è lenta, i passaggi faticosi. In parrocchia un giorno si presentano due tipi: «Padre, possiamo pensarci noi, abbiamo amici dovunque, in Questura[6], all'Intendenza di finanza...[7]»

Il parroco ringrazia: non ha bisogno d'aiuto; li manda via. Sono tentazioni, ami gettati con astuzia, con prudenza. Sono minuscoli test per decifrare che tipo sia quel bizzarro sacerdote. Un parroco a caccia di soldi e che rifiuta di procurarseli nel modo piú veloce, piú semplice: con la *sottomissione*.

Piú s'infittiscono gli inviti a comportamenti obliqui, opachi, piú padre Puglisi sceglie la via del parlare aperto, chiaro. Il 4 ottobre 1991 scrive agli abitanti del quartiere una lettera aperta. È un testo breve, poco piú di una pagina. Nel paese delle allusioni, delle oscurità, degli arzigogoli[8] burocratici, impressiona per semplicità, per accuratezza di esposizione, forse perfino per ingenuità. Colpisce la volontà assoluta di trasparenza, quello spiegare con chiarezza gli aspetti finanziari dell'acquisto del Centro, i tempi, le intenzioni. Cosí dunque scrive Puglisi:

Cari amici, da poco meno di un anno sono parroco della Parrocchia San Gaetano - Maria SS. del Divino Amore a Brancaccio e a questo proposito vorrei comunicarvi le mie gioie e le mie tristezze, le mie preoccupazioni e le mie speranze.

Vorrei rendervi partecipi dei miei progetti e coinvolgervi nella loro attuazione; vi chiedo scusa per la mia indiscrezione, ho fiducia nella vostra benevolenza e amicizia.

C'è nella parrocchia un buon fermento di persone impegnate in un cammino di fede e, contemporaneamente, in un servizio liturgico, catechistico o caritativo[9]*, ma i bisogni della popolazione sono molto maggiori delle risorse che abbiamo.*

Vi sono nell'ambiente molte famiglie povere (per fare un esempio: una famiglia con 9 bambini vive in una «casa» di una sola stanza

6. *Questura*: organo del ministero degli Interni con sede in ogni capoluogo di provincia.
7. *Intendenza di finanza*: ufficio del ministero delle Finanze.
8. *arzigogoli*: giri di parole poco chiari.
9. *servizio liturgico, catechistico o caritativo*: attività di culto e di aiuto ai bisognosi organizzate dalla Chiesa.

umida e buia); anziani malati e soli; parecchi handicappati mentali e/o fisici; ragazzi e giovani disorientati, senza valori veri, senza un senso della vita; tanti fanciulli e bambini quasi abbandonati a se stessi che, evadendo l'obbligo scolastico, sono preda della strada, dove imparano devianza e violenza (scippi, furti piú o meno piccoli e, forse, miniprostituzione).

Che cosa fare per venire incontro a tante necessità? Assieme ad alcuni membri della comunità parrocchiale, abbiamo pensato a un Centro polivalente di accoglienza e di servizio, per la cui gestione abbiamo invitato delle suore, le Sorelle dei poveri di Santa Caterina da Siena; la loro risposta è stata positiva: le suore verranno in tre o quattro. E i locali? Una casa (piano terra con giardinetto e primo piano) sita a pochi passi dalla chiesa parrocchiale è in vendita; decidiamo di comprarla; il Cardinale Pappalardo ci dà 30 milioni occorrenti per il compromesso, che stipuliamo il 16 luglio scorso, con l'impegno di versare gli altri 260 milioni entro la fine di gennaio del '92, quando dovrà essere perfezionato l'atto di compravendita.

Non vi nascondo che ho una qualche preoccupazione al riguardo, ma essa viene dissipata da una grande speranza e fiducia nella Provvidenza, che si manifesta per mezzo di tanti amici; di voi che so sensibili alla solidarietà e alla generosità. Infatti già alcuni mi hanno fatto pervenire la loro generosa offerta secondo le proprie possibilità; siamo cosí a quota 30 milioni (ancora 230). Potreste fare anche voi qualcosa a favore di questo «Centro di accoglienza Padre Nostro» (cosí lo chiameremo)?

Sono sicuro che la vostra sensibilità e generosità sappiano darvi suggerimenti per un'azione concreta perché il progetto si realizzi.

A nome mio e della comunità vi ringrazio sentitamente; vi saluto con fraterno affetto ed amicizia.

Da Brancaccio arriveranno poco piú di 15 milioni. Un'inezia rispetto alle collette del comitato delle feste. Ma il proprietario della casa di via Brancaccio avrà i suoi 290 milioni. Padre Puglisi ha stipulato un mutuo; pagherà le rate con il suo stipendio di insegnante. E le offerte, gli aiuti – raccolti fuori dal quartiere – arrivano generosi. In parrocchia se ne tiene pubblica nota. E questo, non può proprio dirsi che il comitato delle feste l'abbia mai fatto.

Suor Carolina Iavazzo arriva a Palermo il 2 ottobre del 1991. È la prima fra le Sorelle dei poveri di Santa Caterina da Siena a mettere piede a Brancaccio. Ha quarant'anni. È bruna, forte, di buon carattere. Ha dovuto affrettarsi a partire: le è stato offerto un incarico come insegnante di religione in una scuola media della via Oreto, periferia est; deve prendere servizio.

È partita senza conoscere padre Puglisi. Sa che l'aspetterà alla stazione centrale di Palermo, si domanda come farà a riconoscerlo. Sul treno che la conduce in Sicilia, prende posto nel suo scompartimento un'altra suora. Fanno conoscenza, si scambiano confidenze. Suor Carolina racconta di quell'appuntamento con un sacerdote che non conosce. E l'altra suora, con allegria: «Don Pino? ma lo conosco io; vi presenterò».

In quella coincidenza, suor Carolina vede la traccia di un destino.

Al primo incontro, padre Puglisi le appare un uomo timido. Ha l'impressione che conviva in lui, con una grande timidezza, anche una grande forza.

Nei primi giorni la suora viene ospitata nella casa di un'anziana, devota signorina del quartiere. Alla metà d'ottobre, quando arrivano le altre due suore della Congregazione, vanno tutte ad abitare in una villetta offerta da una possidente di Brancaccio, sotto il cavalcavia della via Giafar.

È un luogo a suo modo celebre nella leggenda nera della mafia: su quel cavalcavia, nell'estate del 1981, uno dei piú temuti killer di Cosa Nostra, Totuccio Contorno, era scampato, con acrobazie rocambolesche, all'agguato dei suoi rivali – e aveva salvato il bambino che lo accompagnava. È un episodio importante nelle ricostruzioni di mafia, poiché l'agguato convinse Contorno[1] a disertare da Cosa Nostra e a diventare, fino a successiva riconversione, il piú importante pentito dopo Buscetta.

1. *Totuccio Contorno*: scampato nel luglio 1981 a un agguato organizzato da clan mafiosi rivali, viene arrestato nel 1984 e diventa uno dei principali collaboratori di giustizia.

Nulla di tutto questo sanno le suore. Per loro il cavalcavia è una gobba nera nel buio che, dopo il tramonto, ingoia il quartiere. Davanti alla casa che le ospita, si riuniscono bande di tossicodipendenti. Urlano bestemmie, gridano insulti, lanciano pietre contro le finestre della casa. Sole, le tre suore vivono di terrore.

«Non posso lasciarvi qui», decide padre Puglisi. E le porta nella casa di via Brancaccio 461, la sede promessa del Centro d'accoglienza Padre Nostro, dove due assi in croce sbarrano l'ingresso.

È una sistemazione d'emergenza. Cosí suor Carolina la ricorda: «Al Centro c'era una povertà indimenticabile. Abitavamo al piano terra, perché al superiore bisognava fare dei lavori. La mattina ci alzavamo dal letto e trovavamo l'acqua sul pavimento tanto era umido. In bagno non funzionava lo scarico. Dal lavandino uscivano topolini».

Per rimettere in sesto quei locali bisogna ricostruirli: servono mattoni, cemento, sanitari. Suor Carolina ha la patente, le viene offerto un furgoncino. Dovrà andare, con le altre suore, nei depositi e nelle aziende della zona industriale a chiedere aiuto.

Anche il parroco fa la sua parte. Chiede udienza a uno dei maggiori costruttori di Brancaccio, Gianni Ienna. L'imprenditore gli fissa un appuntamento: lo invita a casa sua, in una grande villa che si trova sul viale della Regione Siciliana, appena ci si lascia alle spalle i vicoli del quartiere. Villa lussuosa, con tutti i simboli dell'opulenza e del potere in bella mostra: mobili antichi, tappeti preziosi e nel giardino, una grande piscina, l'emblema del successo.

Il sacerdote arriva all'appuntamento in compagnia di un collaboratore. Sulle prime l'incontro è cordialissimo. Il parroco spiega il progetto per la costruzione del Centro Padre Nostro, racconta le difficoltà, illustra le condizioni in cui si trova la palazzina appena acquistata, aggiunge dettagli sui lavori indispensabili per rendere agibili i locali. Ienna, compiaciuto, si dichiara disponibile a fornire tutto l'aiuto necessario: materiali, assistenza, il molto che un costruttore può offrire per la ristrutturazione di un appartamento. Poi sorridendo domanda: «Ma se io le dò queste cose, padre, lei che cosa mi offre in cambio?»

Il parroco scatta come una molla. «Non ho bisogno di nulla, – dice, – non ho piú bisogno di nulla, grazie». E infila la porta. Stupefatto, incerto, il collaboratore gli va dietro. Stupefatto, ammutolito il costruttore Ienna resta solo.

Quando si arrabbia, Puglisi si trasforma. Rosso in viso, le orecchie gli diventano quasi viola. Quel pomeriggio, quando esce quasi correndo da villa Ienna, le orecchie del parroco sono di un viola da quaresima[2].

Che cosa sa di Ienna? Poco, probabilmente. Nulla piú che i suoi meriti ufficiali, la sua fama di grande costruttore, la sua conosciuta, invidiatissima ricchezza. In quell'epoca Ienna è un imprenditore di successo, ossequiato, rispettato. Ha costruito il San Paolo Palace, albergo e centro congressi davanti al mare di Romagnolo. Ha edificato palazzi e villette in tutta l'area orientale di Palermo. Ha concluso buoni affari con il Municipio, vendendo parecchi appartamenti. Sono opera sua anche i locali dove, nell'ultimo decennio del secolo, trova posto il consiglio di quartiere.

Solo molti anni dopo le inchieste giudiziarie ricostruiranno la sua carriera di costruttore venuto dal nulla e lo indicheranno come uno strumento docile del riciclaggio mafioso, esecutore ubbidiente, agli ordini prima di Pino Savoca, poi dei fratelli Graviano, i nuovi capi della mafia di Brancaccio[3].

2. *viola da quaresima*: i quaranta giorni della quaresima sono contraddistinti dal colore liturgico viola.

3. Arrestato nel 1994, Gianni Ienna ha subito il sequestro dei beni per 400 miliardi di lire. Nell'aprile 2000 la Corte di Cassazione ha confermato la confisca di quei beni. Nel frattempo, Ienna è stato condannato in primo e secondo grado per concorso esterno in associazione mafiosa come riciclatore di capitali sporchi.

Dietro persiane chiuse Brancaccio osserva. Ha chiesto l'arrivo delle suore, con insistenza, con entusiasmo; ora le scruta, le valuta, le misura. Passando per strada, le suore sentono gli sguardi, avvertono la diffidenza, l'ostilità, la distanza. Vanno casa per casa, accompagnate dai volontari. Anche soltanto farsi aprire la porta richiede metodo, di piú: una strategia. Ci vuole abilità, astuzia, tenacia. La suora in visita deve avere l'accortezza di collocarsi in primo piano, davanti allo spioncino – il volontario, dietro, si fa piccolo, quasi si nasconde. Allora, soltanto allora, la porta si schiude.

E far venire i bambini, i ragazzi al Centro – neanche quello è stato facile. Ci si è messa di mezzo la fortuna, una promessa di biscotti. È successo una domenica. Per strada le suore hanno visto una banda di ragazzini alla fermata dell'autobus. «Che fate qui?» Scontrosi: «Aspettiamo l'autobus, andiamo allo stadio». «E perché non passate al Centro, da noi?» Beffardi, ma intrigati: «E li avete i biscotti?» «Certo che abbiamo i biscotti». Tentati: «E ce li date?» «Certo che ve li diamo, se venite».

Il ricordo di suor Carolina è nitido: «All'inizio è stata molto dura. I ragazzi non entravano dalla porta: si gettavano dentro scavalcando la ringhiera di un balconcino che s'affacciava sulla strada, accanto alla porta d'ingresso. Insomma entravano dalla finestra, rotolando per terra. E appena dentro, si prendevano a pugni, si spingevano, dicevano parolacce. Erano ragazzini di dieci, undici anni, spesso figli di persone implicate nella malavita. Piano piano abbiamo insegnato loro che si entra dalla porta, dopo aver suonato il campanello. All'inizio, anche lí, erano una disgrazia: s'attaccavano tre ore al campanello... Finché li abbiamo rimproverati: se suonate troppo a lungo, non vi apriamo.

Dalle cose piccole bisognava incominciare: il campanello, il dire grazie o prego. Ogni progresso che facevano, per padre Puglisi era un successo. Che ci dicessero grazie, era una cosa che lo stupiva».

Sono piccoli selvaggi, i bambini di Brancaccio. Indossano gli stessi abiti per diversi giorni di seguito. Hanno le unghie nere, fra le dita solchi di sporcizia. Le madri cominciano a rivolgersi al Centro Padre Nostro per avere vestiti nuovi per i figli. Li rivestono di tutto punto, poi lasciano che i piccoli vivano dentro quegli abiti. Quando sono lerci, buttano gli indumenti in un cassonetto e tornano a chiedere vestiti nuovi.

Le suore bandiscono una gara di pulizia fra i bambini. Per vincere il premio, i piccoli si ravviano i capelli lanciandosi sulla testa manate d'acqua: è il massimo di pulizia che riescano a immaginare.

Suor Carolina deve occuparsi proprio dei bambini: insegna loro a lavarsi le mani, il collo, le orecchie, il viso.

Un'altra religiosa, suor Alda, ha l'incarico di seguire gli anziani. Un giorno va in visita alla casa di un vecchio signore: abita con i gatti, mangia nella loro scodella, dorme nel letto con loro. Un altro giorno capita nel sordido[1] appartamento di una donna, Concetta, che trascina i suoi giorni nella miseria piú nera: i topi corrono per casa, s'arrampicano sulle sedie, sulla tavola; il figlio, malato di mente, ruba alla madre il poco che ha per andare a ubriacarsi.

Suor Carolina è una donna del Sud. È nata ad Aversa, in Campania. Non ha vissuto nel lusso. Appartiene a una congregazione che si richiama ai poveri. Eppure, dice, a Brancaccio ha visto per la prima volta la vera miseria. Non l'aveva mai incontrata.

Il cuore dell'inferno è una strada ostruita dalle macchine, incassata fra palazzi altissimi, buche, pozzanghere. Il Comune l'ha battezzata via Azolino Hazon. Per distrazione, forse, o per ignoranza, oppure per una bizzarra staffilata d'ironia: Hazon è il nome di un generale dell'esercito, divenuto nel 1943 il comandante generale dell'Arma dei Carabinieri.

Su quella via sorge uno stabile, al numero 18, costruito da un'impresa mafiosa, la Ingar che fa capo a Giovanni Pilo. All'inizio degli anni Ottanta l'impresa è fallita, il curatore ha venduto gli appartamenti al Comune, che lí ha concentrato gli sfrattati dal centro storico. Reietti. Invisi alla piccola borghesia che ha comprato casa in via Hazon e si ritrova gli ultimi degli ultimi come vicini. E piú invisi ancora agli abitanti originari del quartiere, che li giudicano intrusi.

Fabio Di Giuseppe è uno dei giovani cattolici che hanno frequentato con entusiasmo la parrocchia di San Gaetano nella sta-

1. *sordido*: sporco, squallido.

gione di Rosario Giué. Uno dei pochi che sono rimasti al fianco di padre Puglisi. Ha vent'anni quando il nuovo parroco si insedia a Brancaccio.

Conosce ogni angolo dei grandi condomini di via Hazon; per tre anni è stato l'amministratore dei numeri 17 e 18.

«Erano le case degli sfrattati, cosí le chiamavano tutti. Gente disoccupata, ufficialmente. In realtà facevano tre, quattro lavori: raccoglievano stracci, cartoni, ferrivecchi. Ventiquattr'ore su ventiquattro si muovevano per far soldi. Rubavano anche, e trafficavano. Vivevano in case piene di oggetti, ingombre, addobbate. Avevano televisori con schermi giganteschi. E poi venivano al Centro Padre Nostro a chiedere soldi, aiuti: per la bolletta da pagare, per comprare la pasta, l'olio, il pane...»

Anche suor Carolina è entrata negli appartamenti degli sfrattati. Vi ha trovato piú la miseria che l'ostentazione. Ne è uscita con pena, con sgomento, con dolore.

«Le vasche tante volte le usavano come giardino per il basilico, le abbiamo viste con i nostri occhi. Al mattino noi suore andavamo nelle case della via Hazon per prendere i bambini e accompagnarli a scuola, all'elementare di via Conte Federico. Non ci andavano mai. E anche quando noi li accompagnavamo, dopo un po' scappavano, si arrampicavano sui tetti, le maestre si disperavano. Diciamola tutta la verità: le maestre erano piú contente quando questi bambini non si presentavano affatto a scuola.

Tra i piccoli di via Hazon ce n'era uno, Carmelo, soprannominato *Buttigghiuni* (il bottiglione), perché non era alto e aveva la testa allungata: apriva le macchine con un ferretto, una forcina. Sei anni aveva, e apriva le macchine senza neppure guardarsi intorno, velocissimo, prendeva gli stereo, li rivendeva a 20-30 mila lire. Faceva questo lavoro con una naturalezza unica.

Sua madre a casa non accendeva mai il fuoco sotto la pentola. Al mattino, questo bambino lo trovavamo che dormiva tutto avvolto nelle coperte, senza lenzuola, con addosso il vestito sporco del giorno prima. "Carmelo, svegliati, devi andare a scuola" gli dicevamo. E lui: "Suora, mi fa male la testa, non ci posso andare a scuola". Lo diceva in dialetto. Parlava solo dialetto. Poi cosí com'era nel letto, s'alzava e se ne andava a scuola. Una volta, ricordo, a casa sua si ruppe il vetro di una finestra, proprio sopra il suo letto. E il bambino continuò a dormire là, d'inverno, sotto il vetro rotto».

Uno dei giochi preferiti dei bambini di Brancaccio è dare la caccia ai cani randagi. Li catturano e li consegnano agli adulti, che li addestrano a combattere l'uno contro l'altro. Le lotte fra i cani alimentano un giro di spericolate scommesse clandestine.

L'arena dove gli animali si scontrano è uno slargo dietro i binari della ferrovia. Gli adulti che organizzano le scommesse arruolano bande di minorenni: se un cane si dimostra forte nel combattimento, i ragazzini della banda avversaria lo sequestrano e gli spezzano le gambe.

Finita la lotta, quando gli animali sono laceri, sanguinanti, incapaci di sostenere un altro scontro, i grandi li abbandonano ai bambini. E loro li prendono, li portano fino ai palazzoni di via Hazon, li trascinano al quinto, al sesto piano e li buttano giú, sul marciapiedi.

A volte gli animali vengono rinchiusi negli scantinati dei palazzi, legati, sezionati: i bambini vogliono vedere com'è fatto un cane. Come è fatto dentro.

Sono questi i ragazzini che padre Puglisi ha affidato al riluttante Giuseppe Carini, invitandolo a farli giocare. Nessuno di loro è un angelo. E comunque, angeli o diavoli, nessuno resiste al richiamo di un pallone.

Nel ricordo di Carini, i diavoli di Brancaccio irrompono in scena violenti e vitali: «Con i ragazzi, con i bambini i problemi ci sono stati, eccome. Alcuni di loro – ragazzini di quattordici, quindici anni – portavano pacchetti di eroina, facevano i corrieri da un posto all'altro della città. Padre Puglisi, per farmi accettare l'impegno, mi aveva detto: "Gioca un po' con loro, fagli passare il tempo".

All'inizio giocavamo al pallone dentro la parrocchia, nel salone, rompendo anche qualche vetro, oppure in uno slargo del quartiere dove passavano meno macchine, in via Fichidindia per esempio. Poi ci dettero il cortile interno delle scuole elementari, e fu una bella conquista.

Cominciai con dieci, dodici ragazzini, figli di persone che frequentavano la chiesa di san Gaetano. Poi arrivarono i diavoli di via Hazon. Mamma mia, che scatenati! Padre Puglisi voleva che insegnassi loro a rispettare le regole del gioco, questa era la prima cosa.

Poi, quando vide che l'attività aveva cominciato a ingranare, mi chiese di frequentare alcuni corsi in Curia sul ruolo educativo, sull'attività ludica[1], sul valore del gioco. Ma il punto di partenza era quello: il rispetto delle regole, abituare quei ragazzi, quei bambini a non usare la violenza. Con loro quello era il vero problema, perché non erano semplicemente bambini vivaci: erano violenti. Quando s'incazzavano, pigliavano una spranga di ferro e te la davano in testa. Proprio cosí: anche bambini di nove, dieci anni».

Giuseppe è un allenatore severo. Se qualcuno in campo fa il bullo, il prepotente, lo esclude dal gioco, lo mette fuori: in panchina. Anzi, visto che non c'è nessuna panchina, a bordo campo, a guardare. La squadra deve sapere che vince il migliore, non il piú violento. Per i ragazzi di via Hazon, è una novità.

«C'era tutto un mondo particolare in quella via. Ricordo una bambina che aveva la madre prostituta e tossicodipendente; faceva il suo mestiere in casa, davanti alla figlia. Famiglie assurde: fratelli e sorelle, che vivevano nella stessa casa, figli di tre relazioni diverse della madre. C'erano quelli che, per scherzare, per salutarti, ti dicevano: "Ehi non mi scassare la minchia" e se ti dovevano abbracciare, ti mollavano un cazzotto, ma non per cattiveria: per simpatia.

Ma se s'incazzavano, volavano pietre da tutte le parti. Di questi mi occupavo: degli scanazzati[2]. All'inizio dovevo andarmeli a cercare; dopo, mi aspettavano loro, al mio ritorno dall'Università, impazienti, per andare a giocare al pallone. Ho ricordi bellissimi di quel periodo... Insegnare a 'sti ragazzi il rispetto delle regole: se perdevi, perdevi; l'importante era giocare e divertirsi, non vincere. Qualcuno me lo portai pure all'Università, cosí, a dare un'occhiata...

Avevano nove anni e sembravano adulti, ma all'improvviso, su piccole cose, veniva fuori che erano bambini. La cosa importante era fargli capire che mi importava di loro, che gli volevo bene. I risultati arrivavano: si divertivano, cominciavano a migliorare.

1. *ludica*: relativa al gioco, ricreativa.
2. *scanazzati*: (dialettale) ragazzi maleducati, violenti, senza regole.

Piccoli passi. Per esempio, venivano a suonarmi a casa ed erano educatissimi: con mio padre, con mia madre, con i miei fratelli. Suonavano il campanello con garbo, chiedevano scusa, ringraziavano. Cominciavano a parlare in italiano».

Pomeriggio, lezione di catechismo, padre Puglisi spiega i dieci comandamenti. Settimo: non rubare. Un bambino lo aspetta in un angolo alla fine della lezione, gli va vicino, vuole parlargli. Non ha piú di otto anni. È pallido, esitante. «Don Pino – comincia – tu hai detto che non bisogna rubare...» Il parroco sorride, annuisce, lo incoraggia, aspetta. «Ma se io la sera torno a casa e non porto niente, mi capisci don Pino?, se non porto niente, mio padre e mia madre mi ammazzano a legnate...»

Onora il padre e la madre, è scritto. Ma se la madre grida, ogni giorno grida ai figli, stridula e feroce: «Non tornare a casa se non mi porti qualcosa?» E se il padre esige il furto, predica la violenza, insegna il sopruso, l'abuso, l'arroganza? Bisogna onorarli, allora: sempre e comunque?

Nel salone della parrocchia di San Gaetano, suor Carolina ha assistito a una scena indimenticabile: «È successo un pomeriggio, eravamo tutti riuniti in sacrestia, il Centro non era ancora pronto. Cosí stavamo lí, in un bel salone grande: i bambini facevano i lavoretti con il Das, decoravano le bottigliette dei succhi di frutta. A un certo punto una bottiglietta vola da grande distanza, dritta su un ragazzo. Quello per fortuna si scansa, la bottiglia si schianta per terra, poteva ammazzarlo. Io dico al bambino che l'ha lanciata: "Andrea, chiedi scusa". Si alza il fratello piú grande: "Andrea, – gli grida, – ricorda quello che ci ha detto papà, non si deve mai chiedere scusa, non sei un uomo se chiedi scusa".

Io insisto: "Andrea, guarda che solo chi sa chiedere scusa è un uomo". E il fratello, gridando: "Non è vero, Andrea, non lo fare, guai a te; non vali niente se chiedi scusa, sei una nullità, non sei un uomo".

Il bambino era teso, incerto, diviso. Io gli dicevo: "Andrea, guarda che sei un uomo, e un uomo molto grande, se chiedi scusa". Alla fine questo bambino ha detto: "Vabbé, scusa", e ha teso la mano al compagno che aveva offeso. Gli altri ragazzi lí dentro gli hanno fatto un applauso, ma un applauso che non finiva piú.

La sera, quando glielo abbiamo raccontato, padre Puglisi si è commosso. Ma questi sono miracoli, ha detto».

Ai siciliani piace pensare che la storia sia l'eterna ripetizione del sempre uguale. È il *cambiare tutto perché nulla cambi*[1] che condanna ogni pretesa rivoluzione e annichilisce nel disprezzo e nel ridicolo ogni sia pur modesto desiderio di riforma. «Città irredimibile[2]», ha definito Palermo Leonardo Sciascia[3].

Se don Puglisi ha conosciuto quella definizione, com'è probabile, è dubbio che l'abbia approvata. Può un sacerdote non credere nella redenzione? È un fatto che fosse scettico sulla possibilità di cambiare gli adulti, i padri, le madri, ma era convinto che ai bambini, ai ragazzi bisognava mostrare un mondo diverso, offrire un'alternativa: dar loro la possibilità di scegliere, la libertà di scegliere.

Abbandonarli a se stessi significa perderli. Perché fin da bambini sono allevati in una cultura di sopraffazione. Suor Carolina lo intuisce: «Avevano una mentalità mafiosa, anche i piú piccoli: erano ossessionati dal rispetto e, secondo loro, il rispetto era dominare. Covavano dentro un senso di distruzione; per rabbia volevano rompere tutto quello che li circondava. Avevano carenze affettive, vivevano per strada, le mamme non li cercavano, fino a notte li lasciavano fuori. I bambini erano distrutti dentro. E volevano distruggere».

Eppure c'è un modo per domarli, quei bambini, c'è un modo per vederli accucciarsi in silenzio, identici ai loro coetanei, arresi all'infanzia: basta inserire nel videoregistratore una cassetta di cartoni animati. Guardando le immagini della *Sirenetta*, i piccoli di Brancaccio s'incantano, diventano bambini come gli altri. Le suore si inteneriscono nel vederli cosí quieti, seduti per terra, intorno al televisore.

Cosí, se qualcuno fa il prepotente, per punirlo gli vietano di frequentare il Centro per un giorno. È una punizione a doppio taglio. Gli esclusi si presentano davanti al grande balcone sulla strada, gridano minacce ai ragazzi che sono dentro, ordinano loro di uscire. E sono tanti a inventare una scusa per andarsene, per scivolare via. Vergognosi, impauriti: a testa bassa.

Cartoni animati e partite di pallone. Corsi di teatro e dopo-

1. *cambiare tutto... cambi*: citazione tratta dal romanzo *Il Gattopardo* di Giuseppe Tomasi di Lampedusa.
2. *irredimibile*: che non si può redimere, riscattare dai mali che la opprimono.
3. *Leonardo Sciascia*: importante scrittore e saggista siciliano (1921-1989).

scuola. Per attirare i piccoli al Centro, ogni idea è buona. Non è un modo per riempire i banchi della parrocchia, per garantirsi un seguito religioso.

«Una cosa bellissima di padre Puglisi è che non era bigotto. Noi suore gli dicevamo: "Questi bambini non hanno fatto il battesimo..." E lui rispondeva: "Suor Carolina, lasci perdere questo; tiriamo fuori da lui l'uomo, lo spirituale verrà dopo". Non aveva fretta di dar loro i sacramenti, di portarli in chiesa. Voleva che li educassimo a una vita serena, normale. "Poi – diceva – se loro capiranno i veri valori della vita, riusciranno un domani a essere bravi cristiani". Voleva che si ponessero prima le fondamenta di una vita umana, integralmente umana, per costruire poi la vita spirituale».

Solo il pessimismo vede ovunque deserti. Nessun luogo lo è davvero. Neppure Brancaccio, neppure la via Hazon con i suoi minacciosi condomini. In quei primi anni Novanta si organizza e combatte in quelle strade un piccolo gruppo di uomini di buona volontà: è il Comitato Intercondominiale.

Tra i fondatori c'è un impiegato dell'Italtel, Giuseppe Martinez, detto Pino. È un uomo asciutto, energico, uno di quei siciliani perbene che rifiutano, con identica determinazione, la paura e il compromesso. Nel 1989, grazie a un mutuo agevolato della Regione[1], ha comprato casa a Brancaccio. Nel giugno di quell'anno, con la moglie e i due figli, è andato ad abitare in uno dei grandi condomini di via Hazon, al numero 17.

L'intera famiglia sapeva dal primo momento che non stava traslocando nella casa dei sogni. Per molte ragioni. Martinez lavora a Carini, sulla strada che da Palermo si spinge a ovest, verso l'aeroporto di Punta Raisi. Esattamente dalla parte opposta rispetto a Brancaccio. Ogni giorno per lui andare e tornare dal lavoro è un viaggio. E il quartiere è noto per non essere un paradiso. Ma le case sono a buon mercato, un uomo onesto non può consentirsi troppo.

Dunque, quando arriva a Brancaccio, la famiglia Martinez non si aspetta una città-giardino, ma neppure la desolazione pesante, il buio impenetrabile dopo il tramonto, l'abbandono, la sporcizia.

Tre mesi dopo il trasloco, a settembre, il primo, fastidioso incidente: le strade e gli scantinati vengono allagati dai liquami. Si scopre che non c'è rete fognaria, solo pozzi neri che scaricano il loro contenuto in una fossa settica[2]. Almeno due volte l'anno, ogni condominio deve provvedere a farla svuotare.

I ritardi, la trascuratezza, la distrazione si pagano cosí: con l'a-

1. *mutuo agevolato della Regione*: ottenuto con un tasso d'interesse ridotto grazie al contributo della Regione Sicilia.

2. *fossa settica*: serbatoio in cui si raccolgono scarichi e liquami.

ria appestata, i liquami che invadono le strade, dilagano nelle cantine. E l'invasione di insetti, l'assalto dei topi, il pericolo di malattie. Martinez si ribella. Non è il solo. Altri due inquilini, Giuseppe Guida e Mario Romano, impiegato il primo, ferroviere il secondo, decidono che non si può subire e tacere e aspettare. Tutti insieme fondano il Comitato Intercondominiale di via Hazon.

Martinez ha simpatie per la destra, ma il Comitato è rigorosamente apolitico. Non combatte per una bandiera, ma per la dignità, per una vita civile. Che significa, prima di tutto, avere le fogne. Il Comitato si presenta al portone del Municipio, ottiene un colloquio con l'assessore ai Servizi a rete. Si chiama Vincenzo Inzerillo, è un ex ferroviere, è nato e cresciuto a Brancaccio. Nell'incontro l'assessore è prodigo di promesse, carico di preoccupazione, partecipe, accorato[3]. In primavera dovranno tenersi le elezioni amministrative. Dietro la sollecitudine dell'assessore, il Comitato intravede l'interesse del politico a conquistare il consenso degli elettori.

Nell'aprile 1990, proprio a ridosso del voto cominciano i lavori per la costruzione delle fogne. Si bloccano subito: si è trovata una falda acquifera, il progetto va rifatto, bisognerà riproporlo per l'approvazione agli uffici del Genio civile.

A fine maggio, felicemente rieletto, l'assessore Inzerillo si presenta a Brancaccio per ringraziare dei voti ricevuti, fa un giro nelle strade ancora allagate dai liquami, si duole del ritardo, promette che i lavori riprenderanno subito. Non succede nulla.

Ad agosto il Comitato Intercondominiale riesce a far pubblicare un articolo d'indignata deplorazione sulle pagine di cronaca del maggior quotidiano della città, «Il Giornale di Sicilia». La mossa è indovinata, di rapido effetto: a settembre i lavori per le fogne riprendono. S'interrompono a novembre. Sfortuna nera, si è trovata una parete di roccia, un'escavatrice si è rotta, bisognerà ripararla, capire come aggirare la difficoltà.

A dicembre il Comitato scrive alla procura della Repubblica. Passa qualche giorno e la notizia dell'esposto viene pubblicata dal «Giornale di Sicilia». Due mesi dopo la magistratura ordina all'assessorato dei Servizi a rete di riprendere con urgenza i lavori per la fognatura di via Hazon. Potenza dei giudici: come per la fine di un incantesimo, le imprese si risvegliano, i lavori riprendono con slancio, la roccia si apre. A metà febbraio del 1991 la rete fognaria viene consegnata.

3. *accorato*: addolorato.

Perché tirarsi indietro se si è vinto una volta? Guida, Martinez, Romano decidono di insistere. Vogliono presentarsi al consiglio di quartiere[4], chiedere quel che manca per fare di Brancaccio un posto civile in cui abitare. Stilano un elenco di richieste: serve la scuola media, un centro di assistenza sociale, un campo di calcio per i ragazzini, un parco giochi per i bambini, vigili di quartiere per disciplinare il traffico.

Tutte cose che, per la verità, i consiglieri potrebbero pensare con la loro testa. Cose, comunque, che ai cittadini premono piú che ai consiglieri. Ma è difficile ottenere udienza, farsi ascoltare.

Il presidente del consiglio di quartiere, Giuseppe Cilluffo, è un democristiano legatissimo all'assessore Inzerillo. E la battaglia per le fogne, con quell'irrispettoso agitarsi presso giudici e giornali, non ha procurato all'Intercondominiale le simpatie dell'assessore.

Il Comitato capisce di avere poche speranze se non trova le alleanze giuste. La parrocchia, per esempio, quella sí sarebbe un bell'appoggio. Nei quartieri di Palermo la voce di un sacerdote pesa. «È un'autorità morale», dice Martinez. Cosí l'Intercondominiale decide di presentarsi al parroco di San Gaetano.

L'incontro con padre Puglisi avviene nel settembre del 1991, un pomeriggio, dopo le sei, appena conclusa la messa pomeridiana. Nel ricordo di Martinez, in quel primo colloquio il parroco si mostra cordiale e prudente. S'informa sulle attività del Comitato, appare curioso e pieno d'interesse. Sorride molto, non promette nulla. Prende tempo. Vuole capire. Prima di tutto vuole sapere se l'Intercondominiale è l'emanazione di un partito, uno strumento di propaganda.

Padre Puglisi non ama la politica, la osserva con diffidenza, manifesta opinioni rudi, che rasentano il qualunquismo. Dice con franchezza di essere «allergico» ai partiti: a qualunque partito e a qualunque uomo politico.

Martinez non sa quali fonti il parroco abbia interrogato, come abbia condotto la sua riservata istruttoria sul Comitato. Sa che, dopo qualche settimana, il parroco comunica: «Sono a disposizione». È il via libera atteso. Il Comitato presenta una petizione con un lungo elenco di richieste, indirizzata al consiglio di quartiere. Il parroco la firma. Il documento gira casa per casa. Decine di famiglie sottoscrivono.

4. *consiglio di quartiere*: organo amministrativo che rappresenta il comune in una determinata zona della città; ha anche funzioni di manutenzione edilizia.

Quando, il 19 novembre, il consiglio di quartiere si riunisce, è il parroco a scortare l'Intercondominiale, a sposare ufficialmente le tesi della petizione. Ai consiglieri non è piú possibile ignorare quel documento, fingere di non vedere, di non sapere.

Scoppia in quell'autunno a Brancaccio un'epidemia di epatite virale[5]. I casi segnalati si concentrano in via Hazon 18, nel palazzo degli sfrattati. Tutte le madri sono in allarme. L'Intercondominiale chiede che sia aperto un distretto socio-sanitario[6] di base nel quartiere. Una domenica mattina padre Puglisi fa collocare un banchetto davanti all'ingresso della chiesa, si raccolgono le firme a sostegno della richiesta. A conclusione della messa il parroco invita i fedeli a sottoscrivere la petizione. Pazientemente, ordinatamente sul foglio bianco si allineano decine di firme.

5. *epatite virale*: malattia infettiva che si manifesta con un'infiammazione del fegato.
6. *distretto socio-sanitario*: organo amministrativo che si fa carico dell'assistenza medica.

All'ora delle messe spunta sempre un tavolino all'uscita dalla chiesa di San Gaetano: sopra, c'è il cestino per le offerte. L'ha voluto don Pino. Non gli piace che il cestino giri per i banchi durante la messa, non vuole che i fedeli si distraggano per contar soldi. Chi lo desidera, lascerà qualcosa all'uscita.

Sembra un vezzo[1], una minuscola riforma pauperista[2]. È qualcosa di piú sottile: una precauzione, un rimedio contro l'ostentazione. Chi dà e quanto dà, mentre il cestino gira di banco in banco, è materia di indebita curiosità, occasione per esibizioni, esca per invidie.

A Brancaccio la gente è ossessionata dal denaro. Ci sono case dove da mattina a sera si contano soldi. E con piú accanimento, con piú furia, con disperazione a volte, li conta chi non li ha e deve arrangiarsi, sbattersi per procurarseli.

Con il denaro il parroco ha un rapporto di serena indifferenza, quasi di estraneità. Vive con modestia. Abita in piazza Anita Garibaldi, al civico numero 5, poco lontano da Brancaccio, nella medesima periferia degradata. Occupa un piccolo appartamento al secondo piano in un semicerchio di case popolari. Sono cinque portoni, tutti uguali, tutti di alluminio anodizzato. A volte il vento spinge su quei portoni il profumo del mare di Romagnolo. A volte, dalle spoglie vie tutt'intorno, li assedia un acre odore d'immondizia.

Quando entrerà in quella casa, dopo la morte del parroco, il sostituto procuratore Lorenzo Matassa, di turno la sera dell'assassinio, resterà impressionato dalla modestia dell'ambiente: «Non c'era un letto, ma un giaciglio. E libri, libri dovunque. Erano l'unica ricchezza della casa».

1. *vezzo*: capriccio, gesto poco naturale.
2. *riforma pauperista*: che mira a un ideale di assoluta povertà.

C'è la Bibbia, naturalmente, e i pensatori cattolici, ma ci sono anche Freud e Sartre[3]. Curioso, appassionato, don Pino legge tutto e di tutto. Presta libri che nessuno restituirà. Ai giovani che arrivano da lui incerti sul proprio destino, disorientati, confusi, spesso raccomanda un libro.

Nell'appartamento di piazza Anita Garibaldi ha vissuto per anni con suo padre Carmelo, rimasto vedovo nel 1987. Dovendo accudire il padre, è stato costretto a darsi una regola, rispettare orari, cucinare, nutrirsi con criterio.

Quando, nel febbraio del 1992, a ottantaquattro anni, il padre muore, Puglisi rinuncia ai riti quieti di una vita ordinata. Mangia disordinatamente, quando può: spesso cibi in scatola, minestre vecchie di due giorni. Non ha orari. Alle sei del mattino è in piedi, poco piú di un'ora dopo è già per strada, a correre in utilitaria verso i suoi mille impegni. L'unica cosa che gli importa è avere i soldi per la benzina. Sostiene che è quello il suo pane quotidiano.

Il denaro. Il prezzo delle cose. L'ossessione che divora Brancaccio, la corrode – i ricchi con villa e piscina come il costruttore Ienna, i mafiosi, ma anche i poveri, i miserabili di via Hazon 18, gli sfrattati che mandano i figli a rubare. C'è un modo, un modo solo per conquistare lo sguardo di questa gente: opporre all'ossessione del guadagno la gratuità dei gesti, il dono senza scambio[4]. Donare ed esserci: contro l'assenza di tutti – della politica, della società civile, del Comune, dello Stato. Semplicemente esserci.

Fabio Di Giuseppe sostiene che, da giovane sacerdote, lavorando nella borgata di Romagnolo, don Pino ha conosciuto i poveri e ha capito che la miseria è muta, non ha nulla, neppure la voce per chiedere aiuto, per gridare.

A Brancaccio, al portone del Centro d'accoglienza arrivano madri affannate. E parlano, si lamentano, chiedono: non sanno come pagare le bollette, non hanno il pane, il latte, l'olio, che cosa porteranno a tavola? Il parroco impone un metodo: bisogna dare sí, ma conoscere anche. A chi domanda aiuto, le suore chiedono nome, cognome, indirizzo. Redigono una scheda, la consegnano all'assistente sociale (volontaria, s'intende: le istituzioni, come non esistessero).

3. Freud e Sartre: Sigmud Freud (1856-1939) medico viennese, fondatore della psicoanalisi; Jean-Paul Sartre (1905-1980) filosofo e scrittore francese.

4. *la gratuità dei gesti, il dono senza scambio*: azioni che non prevedono un compenso materiale, ma realizzate per il solo piacere di compiere un gesto buono e utile.

È un iter[5] seguito meticolosamente, racconta suor Carolina: «Le mamme venivano al Centro per la spesa: pasta, latte, olio, non si saziavano mai... E noi davamo, ma preoccupandoci prima di conoscere la famiglia. Nella parrocchia operava anche la San Vincenzo[6]. Con delicatezza, con tatto, padre Puglisi la mise fuori. Noi non davamo la busta al primo che veniva. Si lavorava con l'assistente sociale, Emanuela. Avevamo uno schedario dove si diceva com'era composto ogni nucleo familiare: se il marito era disoccupato, quanti figli erano, quali scuole frequentavano... Quando una madre si rivolgeva al Centro, noi, con l'assistente sociale, prendevamo un appuntamento e andavamo a trovarla a casa. Per padre Puglisi questo doveva essere il cuore della nostra attività: conoscere le famiglie, visitarle, sapere se c'era il bambino che non andava a scuola e perché, il ragazzo agli arresti domiciliari, la persona malata, scoprire i bisogni reali di quella gente. Era un bel lavoro: lungo, difficile, ma minuzioso, capillare[7]».

Sono tanti i bambini sottratti alla scuola dell'obbligo e, in nome del bisogno, mandati precocemente a lavorare. In nero, naturalmente. È un modo per aggiungere magri introiti ai faticosi redditi delle famiglie. L'abbandono delle scuole si compie, di solito, nel passaggio fra le elementari e le medie. C'è una ragione, per cosí dire, obiettiva, a incoraggiare quella diserzione. La spiega Fabio Di Giuseppe: «Brancaccio era l'unico quartiere di Palermo senza una scuola media. Ogni anno cento, centoventi bambini uscivano dalle elementari e venivano distribuiti in quindici scuole medie della città. Cominciavano a frequentare, con grandi sacrifici e grande svogliatezza. Nel 30-40 per cento dei casi a gennaio, dopo le vacanze di Natale, non tornavano piú a scuola, interrompevano gli studi.

I ragazzini, i maschi venivano avviati al lavoro nero: vendevano cassette di frutta, diventavano garzoni di bottega, lavoravano nelle officine meccaniche. Alcuni, soprattutto tra i figli degli sfrattati, venivano "coltivati": a dodici, tredici anni cominciavano a venir addestrati per compiere furtarelli, poi magari spediti a fare piccole consegne di droga, qualche volta di armi. Allevati, insomma, per diventare mafiosi».

5. *iter*: percorso, procedura.
6. *la San Vincenzo*: gruppo che si occupa dell'assistenza dei piú poveri.
7. *capillare*: analitico, approfondito.

La scuola media è la prima fra le richieste del Comitato Intercondominiale. Padre Puglisi approva e sottoscrive. Parroco e Comitato indicano perfino il luogo dove aprirla: negli scantinati del condominio di via Hazon 18. Sono locali in condizioni di abbandono. Di incerta proprietà: il Comune ha comperato gli appartamenti, non gli scantinati. In teoria appartengono all'impresa, che comunque è fallita; in pratica sono stati abusivamente occupati da numerosi inquilini.

Accessibili sia dall'interno che dall'esterno del palazzo, mediante scivoli, gli scantinati sono stati trasformati nel crocevia di ogni traffico, nel grande imbuto di ogni affare sporco. I rapinatori che svaligiano i Tir all'imbocco di Palermo nascondono lí la refurtiva. Tra quei pilastri i mafiosi depositano le armi. Nel buio di quei locali s'incontrano giovani prostitute, si spaccia droga. E lí, ancora, i bambini vanno a scuoiare e sezionare i cani sconfitti nei combattimenti dietro la ferrovia.

È una sorta di santuario del delitto, del trionfo del crimine. Per liberarlo, don Pino e gli uomini del Comitato ingaggiano una battaglia ostinata, generosa, insistente. Chiedono udienza a infinite autorità: sorde, distanti, distratte, indifferenti.

Sugli scantinati di via Hazon, simbolico campo di battaglia tra il bene e il male, parroco e Comitato sfidano mafia e crimine. E il potere li lascia soli.

Soli, ma non innocui. Perché decisi a non arrendersi. E indipendenti, dunque incontrollabili. Indecifrabili. Pericolosi, nella lettura che la politica, la cattiva politica, dà delle cose, dei fatti, della società.

Il parroco e i tre dell'Intercondominiale – Guida, Martinez, Romano – si muovono in perfetta sintonia: scrivono ai giornali, chiedono incontri con sindaci, assessori, alti funzionari, riescono a ottenerli.

A Brancaccio il presidente del consiglio di quartiere, gli altri consiglieri si sentono scavalcati, ignorati, messi da parte. Cominciano a temere, a diffidare. Che tre cristiani e un parroco uniscano le forze al solo scopo di rendere piú civile un quartiere, è una favola che non può convincere nessuno, e nessuno soprattutto che sappia di politica in quell'ultimo scorcio di secolo a Palermo. Dev'esserci dell'altro, è il sospetto diffuso: un oscuro disegno di potere, un bieco obiettivo, forse un appoggio occulto a qualcuno, ma a chi?

Alla vigilia delle elezioni politiche del 5 aprile 1992 Martinez viene avvertito che per lui è pronta *la festa*[1]. È un consigliere di quartiere a metterlo sull'avviso. Amichevolmente gli dice che la sua insistenza nell'occuparsi di Brancaccio dà un po' troppo fastidio. Tortuosamente, come avviene negli avvertimenti, il soccorrevole consigliere lascia capire che l'ispiratore della bastonatura sarebbe Vincenzo Inzerillo, l'assessore della battaglia per le fogne, in quella vigilia elettorale candidato al Senato per la Dc nel collegio[2] che include Brancaccio.

Pino Martinez ne parla con suo fratello Rino, un cantautore che ha scritto e musicato piú di un testo contro la mafia. Gli dice: se mi dovesse succedere qualcosa, sai chi denunciare.

Rino Martinez è impulsivo, la confidenza del fratello lo accende di furore, di sdegno: si fionda nella segreteria di Inzerillo, grida la sua rabbia, inveisce. Viene cacciato. Nessuna *festa* per Pino Martinez.

È un episodio che spiega un clima, un passaggio tormentato della politica. In quell'affannata vigilia elettorale, il 12 marzo a Palermo è stato ucciso Salvo Lima, il democristiano piú potente della Sicilia, l'alleato piú fidato di Giulio Andreotti. Sessantaquattro anni, trentacinque di ininterrotto potere, due terzi dei quali dedicati con devozione ad Andreotti, eurodeputato[3] con duecentoquarantaseimila preferenze, Lima è stato l'unico uomo di potere che potesse girare per Palermo, anche negli anni della piú furibonda mattanza di mafia, a piedi, senza scorta, in un'ostentazione di invulnerabilità.

«Il piú autorevole mediatore di Cosa Nostra», lo ha definito, con asciutto e tremendo giudizio, il magistrato Antonino Caponnetto, l'uomo che guidò l'Ufficio istruzione di Palermo negli anni in cui si preparava il maxiprocesso.

1. *la festa*: un'azione violenta; in questo caso una bastonatura.
2. *collegio*: parte del territorio in cui si trova lo stesso gruppo di candidati alle elezioni.
3. *eurodeputato*: membro del parlamento europeo.

Il cadavere del potente capo democristiano viene scagliato in una campagna elettorale divorata dalla tensione per il debutto della preferenza unica (riforma imposta a furor di referendum: un solo nome sulla scheda, non piú le quattro preferenze del passato, un congegno adatto a scardinare il sistema delle correnti[4], a distruggere le cordate elettorali), mentre i partiti disputano con ferocia la contesa per il Quirinale[5].

Per anni Lima è stato il simbolo di un potere inquinato, ma sempre miracolosamente indenne, inseguito da mille sospetti, mai inchiodato a una condanna. Il suo assassinio in una silenziosa strada di Mondello, fra i villini eleganti a un passo dal mare, diffonde il terrore nel potere siciliano, nella Dc soprattutto. Perché se Lima può morire, davanti ad atterriti testimoni, inseguito, braccato, freddato con un colpo di grazia, è segno che i patti tra politica e Cosa Nostra sono saltati. Dunque, tutti sono in pericolo.

Quarantadue giorni prima, il 30 gennaio, la Corte di Cassazione ha confermato gli ergastoli del maxiprocesso, consumando uno strappo imprevedibile con l'inviolata impunità di Cosa Nostra. Solo all'intelligenza acuminata di uomini come Falcone l'esecuzione di Lima appare come la possibile reazione a quello strappo, il primo atto di una sanguinosa strategia di vendetta che – secondo successive ricostruzioni giudiziarie – continuerà nelle stragi[6]. È un'ipotesi, comunque. Non una certezza.

Mentre al Nord rintocca la campana di Tangentopoli[7] e il socialista Mario Chiesa viene arrestato nel momento in cui getta nel gabinetto i milioni di una mazzetta, al Sud la fortezza democristiana della Sicilia (col 42 per cento dei voti, la piú forte d'Italia) si sente sotto assedio. Peggio: letteralmente, sotto tiro.

È un potere impaurito che si guarda intorno con sospetto e di tutto ha timore. Quel parroco, quel pugno di uomini perbene decisi a far valere le regole contro l'arbitrio sono una minaccia, un indecifrabile pericolo.

Il parroco non fa nulla per placare quei timori. Con candore, con perfetta innocenza compie gesti che allarmano. In quei giorni di primavera qualche sventato galoppino[8] si presenta a padre

4. *correnti*: gruppi militanti nello stesso partito politico ma divergenti tra loro.
5. *Quirinale*: palazzo in cui ha sede la presidenza della Repubblica. Il riferimento è alle votazioni del 25 maggio 1992 che eleggono Oscar Luigi Scalfaro presidente della Repubblica.
6. *stragi*: vedi nota 27 a p. 11.
7. *Tangentopoli*: il termine si diffonde inizialmente a Milano, dove nei primi mesi del 1992 le inchieste della magistratura, chiamate "Mani pulite", mettono in luce un diffuso clima di corruzione che coinvolge la pubblica amministrazione, l'imprenditoria e la politica.
8. *galoppino*: chi fa propaganda politica distribuendo volantini e sollecitando l'elezione di un preciso candidato.

Puglisi, chiede di poter distribuire volantini elettorali nella sede del Centro Padre Nostro. Che c'è di strano? Non si è sempre fatto cosí a ogni elezione? Non sono le parrocchie il luogo ideale, naturale, per chiedere consensi in nome di candidati che, fin dal simbolo del partito, si dicono cristiani?

Nessun testimone ha raccontato con quali parole padre Puglisi abbia respinto la richiesta. È possibile supporre che l'abbia fatto senza durezze, senza sdegno, forse perfino sorridendo. Un sorriso d'inflessibile rifiuto. Il Centro è fuori dalla politica. Estraneo ai partiti. Nel linguaggio nudo del potere, è un nemico.

I tre anni di padre Puglisi a Brancaccio sono fitti di elezioni. C'è una consultazione popolare ogni dodici mesi, e ogni voto è un terremoto: nel giugno 1991 il referendum per la preferenza unica – un plebiscito che annienta il sistema delle correnti, terrorizzando i partiti –, e in Sicilia le elezioni regionali; nell'aprile 1992 le elezioni nazionali, con l'esplosione della Lega; nell'aprile 1993 un ventaglio di otto referendum, compreso quello che boccia il finanziamento pubblico alla politica. E mentre si vanno montando e smontando seggi, Puglisi non perde occasione per dichiarare la propria estraneità ai partiti, la propria diffidenza.

Divertito, intrigato, fiero di poter spiegare al parroco i miserabili dettagli della ricerca del consenso nelle periferie, Giuseppe Carini rinfocola quella diffidenza raccontando che cosa è davvero la politica in un quartiere come Brancaccio.

Prima di tornare a frequentare la parrocchia e di insegnare ai diavoli-bambini le regole del gioco, Carini si è messo a disposizione dei candidati democristiani come galoppino elettorale, ha distribuito buoni benzina, ha portato casa per casa pacchi di pasta. Nella testimonianza dell'11 novembre 1997, al processo per l'assassinio, consegnerà ai giudici pochi ma illuminanti frammenti del far politica nel suo quartiere: «... si organizzavano pranzi e cene anche con duecento o trecento persone, tutto pagato, tutti buoni e cari... Brancaccio è sempre stato un serbatoio della Democrazia cristiana, sempre, a cominciare dal senatore Cerami, poi il senatore Vincenzo Inzerillo, Mario D'Acquisto. Tranne un periodo dell'87 – io allora avevo diciassette anni e lavoravo in un bar-ristorante-pizzeria. Allora si dovette votare Partito socialista, perché il Partito socialista doveva fare uscire la gente dalle carceri. Ricordo don Pietro Romano, un prete che abitava in via Fichidindia: anche lui veniva lí al bar e mi diceva che bisognava votare il Partito socialista, che bisognava fare propaganda, distribuire i volantini, che bisognava far uscire la gente dalle carceri...»

Il 23 maggio del 1992, sull'autostrada dall'aeroporto di Punta Raisi a Palermo, Cosa Nostra uccide con il tritolo Giovanni Falcone, sua moglie Francesca Morvillo e tre agenti della scorta, Rocco Di Cillo, Antonio Montinaro e Vito Schifani.

A Brancaccio bande di ragazzi si scatenano in un rodeo con i motorini, tagliano le strade del quartiere urlando *Abbiamo vinto, abbiamo vinto*. I bambini si slanciano per la via a braccia spalancate, gridano *La mafia è forte, la mafia è piú forte di tutti*. Qualcuno scrive sui muri, in caratteri giganteschi, *Viva la mafia*.

È un tifo da stadio, un trionfo da finale di partita. Nella guerra tra lo Stato – un pezzo dello Stato, in verità – e Cosa Nostra, ha vinto la squadra cara al loro cuore, la mafia.

Si replica il 19 luglio, quando il tritolo dilania il giudice Paolo Borsellino e i cinque agenti della scorta Agostino Catalano, Eddie Walter Cosina, Emanuela Loi, Vincenzo Li Muli e Claudio Traina.

A Brancaccio c'è chi considera quell'incubo di sangue una festa.

Ebbe paura. Paura di un brutale ritorno indietro. Paura che tutto – e il Centro, prima d'ogni altra cosa, con i suoi piccoli miracoli quotidiani – tutto avvizzisse. Decise di reagire: lavorando come sempre, facendo il proprio dovere. Perché quando tutto crolla, è il tempo di costruire.

È in quell'estate che padre Puglisi convoca in parrocchia un'assemblea popolare. Viene invitato anche il presidente di quartiere, Cilluffo. L'argomento dell'assemblea è la richiesta di un distretto socio-sanitario. Il parroco prende la parola. A testa alta scandisce, rivolto ai cittadini: «Non chiedete come favore ciò che è vostro diritto ottenere». Assicura che, se lo giudicherà necessario, organizzerà una pubblica protesta sulla via Emiro Giafar, la spina dorsale di Brancaccio. Gli uomini del potere, i piccoli potenti, impallidiscono.

Eppure non è un rivoluzionario. Non predica il *tutto e subito*. Non addita traguardi di definitiva palingenesi[1] da conquistare

1. *palingenesi*: totale rinnovamento, cambiamento radicale.

con la forza dell'indignazione. È un uomo pieno di passione, non di illusioni. Dice: «La nostra azione, l'azione dei volontari, delle suore deve essere un segno. Non può trasformare l'ambiente». Non si consente sogni, utopie. Ma non accetta che il contrario dell'utopia sia la resa, non si rassegna alla sottomissione.

Preoccupati al pensiero di un sacerdote di mezz'età deciso a manifestare per strada, come un capopopolo, assessori e funzionari spalancano le porte, annunciano convocazioni, incontri. Il parroco e il Comitato Intercondominiale vengono ricevuti dal presidente dell'Usl[2], perfino dall'assessore regionale alla sanità. Tutti ascoltano, tutti promettono, nessuno fa niente.

È la tattica eterna del potere in Sicilia: sfiancare l'avversario, sfinirlo. Farlo combattere per nulla. Nel nulla lasciarlo affondare.

D'intesa col parroco, il Comitato di via Hazon scrive una lettera al nuovo presidente della Repubblica, Oscar Luigi Scalfaro. La spedisce al Quirinale. Per raccomandata. Senza illusioni, naturalmente. Se pure la lettera sarà consegnata, chi può pensare che arrivi davvero sulla scrivania del capo dello Stato?

La strage del 19 luglio dà a Pino Martinez un'idea. Ai funerali è annunciato l'arrivo di Scalfaro. Ma parteciperanno anche i deputati regionali. Martinez ne conosce uno; può chiedergli il favore di far arrivare una copia della lettera, *brevi manu*[3], al capo dello Stato.

È un testo breve, molto semplice. Vi si racconta della via Hazon dove *le famiglie tranquille e oneste sono costrette a subire da adulti e adolescenti prepotenze, imposizioni e azioni riconducibili al modello mafioso senza poter reagire e protestare per paura di ritorsioni e di vendette*. Si invita il presidente della Repubblica a visitare Brancaccio, gli si chiede di intervenire anche nei confronti dei politici *per liberare il nostro quartiere e la nostra città dai vincoli mafiosi che non ne consentono la crescita civile*.

È un messaggio in bottiglia, affidato a un'incerta corrente. Qualche mese dopo Martinez saprà che la bottiglia ha toccato la riva: viene convocato negli uffici del commissariato di Brancaccio, dove lo informano che agenti di polizia si sono presentati nella sede del consiglio di quartiere, hanno chiesto in visione atti, delibere. Il presidente Cilluffo è stato interrogato. Si può immagina-

2. *Usl*: Unità sanitaria locale.
3. *brevi manu*: (latino) personalmente.

re con quale sdegno, e quanto compresso[4] e dissimulato, abbia appreso le ragioni della convocazione.

Per Martinez è una soddisfazione e una vittoria. Ma gli basta poco per accorgersi che la sua gioia è isolata. Sottile, insidioso s'insinua fra la gente un malumore, un mugugno: che bisogno c'era di scrivere a Roma? e per parlare male di Brancaccio, per giunta? che figura ci facciamo? In quest'angolo remoto della società dell'immagine, la denuncia del disagio di vivere è *malafigura*[5]: è scorno, mortificazione.

Nelle pagine dell'inchiesta c'è la prova che proprio in quei mesi il nome di padre Puglisi comincia a correre tra gli uomini di Cosa Nostra come il nome di un nemico. Lo dimostra la testimonianza di Giovanni Drago, un mafioso specializzato in omicidi.

Drago è nato a Brancaccio, il 2 settembre del 1964. Lí è cresciuto. È uno degli uomini a testa alta che Giuseppe Carini guarda con ammirazione ed è fiero di conoscere, lo riempie d'orgoglio giocare con lui a calcio. È stato *combinato*, ha avuto cioè la sua iniziazione come uomo d'onore nel 1986. Ha percorso tutte le tappe della carriera mafiosa, distinguendosi per abilità in ogni passaggio: ha rubato, ha rapinato, ha incendiato negozi, ha riscosso il pizzo. Fino all'omicidio. Si è rivelato un assassino perfetto. Confessa di non ricordare con esattezza quante persone ha ucciso. Calcola che siano state una cinquantina. Si è bruciato giovane: a venticinque anni, nel marzo del 1990, è stato arrestato. Tre anni dopo è diventato collaboratore di giustizia.

Drago racconta di aver sentito nominare per la prima volta padre Puglisi in una gabbia del tribunale di Palermo nella seconda metà del 1992. Gliene ha parlato un suo amico, Giuseppe Giuliano, uomo d'onore della famiglia di corso dei Mille.

Uno scambio di confidenze tra mafiosi, in attesa del processo. Giuliano, fresco di detenzione, può aggiornare le conoscenze dell'amico, spiegargli che cosa succede, soprattutto, nell'amato universo di Cosa Nostra.

Cosí Giovanni Drago ricostruisce quel colloquio: «... dopo l'attentato a Falcone le forze dell'ordine si muovevano su tutto il territorio. E Giuliano mi aveva detto che la famiglia mafiosa di Brancaccio si lamentava perché là ci stavano tante perquisizioni e si lamentavano di questo parroco che, dicevano, dava appoggio al-

4. *compresso*: contenuto, frenato.
5. *malafigura*: (dialettale) dare una cattiva immagine di sé, esporsi a un giudizio negativo.

la polizia. Si vedevano degli strani movimenti appunto di polizia, in quel territorio lí, a Brancaccio».

La colpa di padre Puglisi, secondo la testimonianza di Drago, è scolpita in due accuse: «Voleva avvicinare le persone drogate, le persone che stavano prendendo una brutta strada e poi era contro la mafia».

Cosa Nostra ha già confezionato la calunnia che farà filtrare nelle sue fila per condannare il parroco: è uno *sbirro*, aiuta la polizia, ha fatto infiltrare gli agenti nel Centro Padre Nostro.

A Palermo, e nelle periferie soprattutto, *sbirro* è la piú atroce delle accuse. Con *infame*[6]. Spesso l'essere *infame* è conseguenza inevitabile dell'essere *sbirro*.

Che il parroco sia uno *sbirro* è una menzogna, come è una menzogna che il Centro Padre Nostro sia lo strumento per favorire l'infiltrazione di agenti di polizia. Ma sono menzogne capaci di mettere in allarme molti mafiosi. Diffuse a ogni livello della gerarchia di Cosa Nostra, quelle calunnie producono spavento, un'incontrollabile inquietudine.

C'è in questo una motivazione, per cosí dire, geografica: la parrocchia e il Centro, l'una di fronte all'altro, presidiano uno snodo strategico: il punto in cui, davanti alla statua di san Gaetano, la via Brancaccio si biforca in via Conte Federico e via San Ciro. È il passaggio piú battuto fra la strettoia dei passaggi a livello e la via Giafar, che collega le borgate di Ciaculli e Santa Maria di Gesú con la riviera di Romagnolo.

Su quella strada si affacciano le case di tanti uomini d'onore. A trecento metri dal Centro Padre Nostro, sulla via Conte Federico, c'è il portone dei Graviano. E i Graviano sono i capi riconosciuti di Cosa Nostra nel quartiere. I dittatori di Brancaccio.

6. *infame*: traditore, spia.

Sono tre fratelli: Benedetto, Filippo e Giuseppe. Il maggiore, Benedetto, è la figura piú sbiadita. I capi veri sono Filippo e Giuseppe.

Nell'estate delle stragi Giuseppe Graviano non ha ancora festeggiato i trent'anni, i suoi fratelli li hanno compiuti da poco. La famiglia comprende anche una sorella minore, Nunzia. È la piccola di casa, nata nel 1968. Finché i fratelli non finiranno tutti in carcere, la ragazza non conterà nulla. Dopo, dimostrerà di saper fare il suo mestiere di donna di mafia, e di una specie nuova: naviga su Internet, conosce le lingue, viaggia fra Palermo e la Costa Azzurra, tratta con gli avvocati, organizza gli affari, gioca in borsa.

I Graviano appartengono a una stirpe di mafia: mafioso è il padre, Michele Graviano; impastata di mafia la famiglia della madre, Enza Quartararo. Ma fino agli anni Sessanta nel quartiere i Graviano sono conosciuti come piccoli agricoltori, abituati a prendere terreni «a canone»[1] e a coltivarli. Questo è ufficialmente il mestiere di Michele Graviano cosí come è stato il mestiere di suo padre.

All'inizio degli anni Settanta, quando i soldi del traffico di droga cominciano a inondare Palermo, Michele Graviano da un giorno all'altro diventa imprenditore. Prende in gestione una concessionaria di automobili, comincia a occuparsi di edilizia, si interessa della produzione di calcestruzzo.

Finché, il 7 gennaio 1982, all'alba, appena uscito di casa, viene ammazzato per strada. Diventa allora ufficiale quello che, ufficiosamente, tutti sanno da sempre: Michele Graviano è un mafioso, alleato fedelissimo dei corleonesi di Totò Riina. Nella guerra già divampata fra Riina e la vecchia guardia di Cosa Nostra, Michele Graviano è uno dei pochi caduti sul fronte corleonese. I figli vestono a lutto. E cominciano in Cosa Nostra una rapidissima carriera.

1. *a canone*: dietro pagamento di un affitto.

Cattolicissimi, i fratelli Graviano sono stati tutti battezzati nella parrocchia di San Gaetano. Esibiscono segni plateali di devozione. Fanno il segno della croce ogni volta che siedono a tavola, a casa come al ristorante. Al processo per l'assassinio di padre Puglisi, indicheranno fra i testimoni a difesa un sacerdote, che garantisca dell'intensità della loro fede e della frequenza con cui si presentano a messa. Il religioso non sarà mai ascoltato in un'aula di giustizia.

Padre e madre li avrebbero voluti studenti brillanti. Non hanno avuto fortuna. Tanto che, da ragazzini, tutti e tre prenderanno lezioni private da uno studente universitario di Brancaccio. Si chiama Paolo Agnilleri, la sua famiglia è fra quelle che hanno ceduto terreni a canone a Michele Graviano. Diventerà consigliere comunale e dirigente prima del Pci, poi del Pds, infine dei Ds.

Agnilleri ricorda i Graviano come ragazzi svogliati, testoni, un po' ignoranti. Di Benedetto Graviano dice che si animava soltanto nel sentire parlare di armi e di caccia. Molti anni dopo quelle lezioni private, nella primavera del 1983, in piena guerra di mafia, quando il quartiere di Brancaccio è ormai divenuto un insanguinato campo di battaglia, Agnilleri verrà punito per le sue denunce contro le cosche con un'aggressione feroce: gli spezzeranno un braccio.

Il pestaggio avviene il 29 marzo del 1983. Cosí lo ricostruisce l'aggredito: «Tornavo da un'iniziativa della Cisl[2]: all'Istituto Don Orione il sindacato aveva presentato un video sulle inadempienze del Comune di Palermo, sindaco l'andreottiano[3] Nello Martellucci. Abitavo in via Hazon; allora nel palazzo non erano ancora arrivati gli sfrattati. Per strada non c'era illuminazione, solo le luci negli androni dei condomini.

Erano le 20,30, mi avviavo al portone: vedo un uomo venirmi incontro correndo, mi fa lo sgambetto, cado a terra supino, quello mi mette un piede sul petto, arrivano in tre-quattro, hanno il volto coperto dalle calzamaglie, cominciano a pestarmi. "La testa no" raccomanda l'uomo che dirige il pestaggio. "Non sulla testa"».

Quasi dieci anni dopo il collaboratore Giovanni Drago dirà com'era composta quella squadra di picchiatori: c'era uno dei Graviano, uno dei Marchese, un Tinnirello. Una delegazione, in-

2. *Cisl*: (Confederazione italiana sindacati lavoratori) sindacato italiano.
3. *andreottiano*: vicino alle posizioni politiche di Giulio Andreotti.

somma, delle famiglie di Brancaccio e di corso dei Mille. Chi desse gli ordini, non si è mai saputo: il pentito non lo ha detto. Nessuna inchiesta, nessun processo è seguito alle rivelazioni: il reato di lesioni personali risultava già prescritto[4].

La piú preziosa fonte d'informazioni sui Graviano, la loro carriera, i loro crimini, è proprio Drago. L'incontro con i fratelli segna tutta la sua storia di mafioso, a cominciare dall'iniziazione. Nel 1986, quando Drago viene «combinato», assiste al rito il ventitreenne Giuseppe Graviano. Suo fratello Filippo non può: è appena stato arrestato.

Secondo Drago è stato il carcere a decidere il destino dei due fratelli: «Filippo Graviano è la mente; però siccome lui era stato arrestato, quello che ha fatto strada è stato Giuseppe Graviano. Però tutti e tre i fratelli hanno lo stesso potere, tutti e tre si confortano, tutti e tre insomma si parlano e fanno tutto insieme».

Con Benedetto Graviano, Giovanni Drago ha commesso un unico omicidio. Anche con Filippo Graviano sostiene d'aver ucciso un uomo. All'autoaccusa è seguita però un'assoluzione, che Drago ha commentato beffardamente: «Non vuol dire che perché l'autore principale è stato assolto, quel delitto non è stato commesso...» Con Giuseppe Graviano, Drago, perfetta macchina per uccidere, ha eseguito numerose condanne a morte. Dei fratelli dice: «Sono stati, se cosí si può dire, i miei maestri in Cosa Nostra».

Al ritratto dei giovani Graviano, dei loro umori, del loro temperamento aggiunge una pennellata Giuseppe Carini, raccontando un episodio che risale ai primi anni Ottanta.

Giuseppe era ancora un bambino allora, un bambino che sognava di camminare a testa alta: «Avevo dieci anni, o forse un paio in piú: dodici. Sotto casa mia abitava una famiglia di brava gente. Un giorno un uomo di questa famiglia, tornando a casa in motorino, ebbe un alterco con i Graviano a piazza dei Signori, dopo il cavalcavia di Brancaccio. Io vidi il seguito di quel litigio: ero affacciato alla finestra, vidi arrivare questo signore con il motorino e i Graviano dietro, su una Renault 5. Con la macchina dettero un colpetto al motorino, lo misero sotto. Il guidatore si rialza infuriato, si precipita contro la macchina e dà un cazzotto a quello che guida. La macchina scompare. Cinque minuti dopo i

4. *il reato... prescritto*: non piú condannabile perché i termini di tempo fissati dalla legge sono scaduti.

Graviano tornano: avevano le pistole, lo volevano ammazzare, quello del cazzotto. La sua fortuna è che aveva casa sullo stesso pianerottolo dove abitava la madre di uno dei miei parenti che stanno in Cosa Nostra. Si misero di mezzo, questa donna e i miei parenti che erano lí, riuscirono a fermarli, altrimenti quell'uomo lo avrebbero ammazzato».

Nei primi anni Novanta la cosca mafiosa di Brancaccio è saldamente sotto il controllo dei Graviano. Di Filippo e Giuseppe Graviano, soprattutto. I due fratelli comandano. Al maggiore, Benedetto, tocca il piacere di compiere bravate: ad esempio, andare, da latitante, a mangiare la pizza a Villabate, il primo paese a est di Palermo, e scegliere una pizzeria situata proprio di fronte alla caserma dei Carabinieri.

Filippo Graviano, detto Fifo, è il piú intelligente, il piú sottile. Giovanni Drago lo definisce «ragionatore misurato[5]». Né la ragione né la misura sono doti che possono conquistare un capo brutale come Totò Riina, che infatti gli preferisce platealmente il fratello Giuseppe. Ma entrambi i fratelli siedono nella struttura di comando di Cosa Nostra, la commissione, ed è un segno d'indiscutibile predilezione.

In Cosa Nostra Filippo Graviano è conosciuto come «il barone».

Il soprannome sembra alludere a un'affettata signorilità di modi, a uno sforzo di distinguersi. A dimostrazione degli aristocratici costumi di Filippo Graviano, vale la pena di riferire un episodio raccontato da Gioacchino Pennino, democristiano di gran peso nella Palermo degli anni Settanta e Ottanta, affiliato a Cosa Nostra, diventato collaboratore di giustizia nell'agosto del 1994, appena estradato in Italia dal suo rifugio in Croazia.

È un episodio che risale al Natale del 1992, un'epoca in cui padre Puglisi è già diventato, nel giudizio di Cosa Nostra, un nemico da sorvegliare, da calunniare, da accerchiare.

Alla vigilia di quel Natale il costruttore Gianni Ienna, l'uomo che aveva maldestramente tentato di intavolare con il parroco di Brancaccio una trattativa sugli aiuti per rimettere in sesto il Centro Padre Nostro, si presenta nei saloni della concessionaria Renault dei fratelli Graviano. Ha una busta in tasca. Contiene un mazzo di banconote: «gli auguri di Natale» per i detenuti. È l'omaggio che l'economia paga al crimine: un dono classico, obbliga-

5. *misurato*: equilibrato.

to, per assicurarsi la benevolenza dei comandanti militari che controllano la piazza di Brancaccio.

Ienna ha un appuntamento con Filippo Graviano per consegnargli la busta. Ma quando arriva alla concessionaria, il giovane mafioso non c'è ancora: è in ritardo. Tarda per ragioni di forza maggiore, tarda perché può permetterselo, tarda per marcare[6] il proprio prestigio di uomo d'onore che può far aspettare un personaggio di rispetto. Ma Ienna ha fretta, non intende perdere tempo per aspettare un ragazzotto in ritardo: lascia la busta a un impiegato e se ne va. Tranquillo.

Poche ore dopo la busta gli viene restituita. Intatta. E a consegnargliela, è lo stesso uomo al quale l'ha data. C'è un gelo tragico in quel gesto. Ienna lo avverte. E ascolta con spavento il messaggio che Filippo Graviano ha affidato al messaggero con la busta. Il «barone» l'ha cesellato in un dialetto greve per aumentarne l'efficacia. E il messaggio è: *i soddi s'astricasse 'nto culu*. Ovvero: i soldi se li strofini nel sedere.

Ienna ascolta e trema. I Graviano – riferisce Pennino – gli incutono non paura, ma «addirittura terrore». Cosí cerca aiuto. Cerca disperatamente qualcuno che gli dia una mano per placare la collera di Fifo Graviano. S'imbatte in Pennino. L'incontro avviene al San Paolo Palace, l'albergo di Ienna. Il costruttore potente, l'uomo arrogante, fiero, sicuro di sé, è pallido di spavento, racconta che cosa gli è successo. Pennino ascolta, riconosce che il caso è serio.

Due torti gravissimi ha commesso Ienna: primo, non ha aspettato Filippo Graviano, pur avendo con lui un appuntamento; secondo, ha consegnato la busta a una terza persona, consentendo a un estraneo di intuire, se non di conoscere direttamente, i segreti di Cosa Nostra.

Ienna si raccomanda alla benevolenza di Pennino, lo scongiura di parlare con il giovane Graviano, lo prega di intercedere per ottenere il suo perdono. Ma Pennino ha di Cosa Nostra una conoscenza piú profonda rispetto all'incauto costruttore: mafioso e capomafia a Brancaccio è stato suo nonno, mafioso e capomafia suo zio. Pennino sa che, rivolgendosi a lui per consiglio e per aiuto, Ienna ha commesso il terzo, imperdonabile errore. Agli occhi dei Graviano, un mortale peccato d'indiscrezione: «Qualora io fossi intervenuto, era chiaro che lui mi aveva mostrato, mi aveva rivelato qualcosa di segreto. Ai Graviano non sarebbe piaciuto. Era preferibile che non mi avesse detto nulla. Con un po' di pazienza,

6. *marcare*: sottolineare.

avrebbe dovuto andare a reperire il Graviano e chiedergli scusa per cercare di modificare la situazione incresciosa nella quale si era trovato».

Tradizionalmente Cosa Nostra è ossessionata da una mania di segretezza. Nella gestione Riina, terremotata dal propagarsi dei pentiti, la mania cresce fino al parossismo. I Graviano, assorbiti fin da ragazzi nelle strutture di comando della commissione mafiosa, alleati strettissimi di Salvatore Riina, osservano una riservatezza maniacale.

Chi non ha vissuto in terra di mafia, non ha idea del controllo accurato, minuzioso, ossessivo che la dittatura di Cosa Nostra esercita sui quartieri di Palermo, né può spiegarsi il terrore che un giovanotto come Filippo Graviano è capace di incutere a un navigato costruttore. Il 12 ottobre 1996, in un'udienza del processo per l'assassinio di padre Puglisi, viene domandato a Pennino per quali ragioni ci si rivolge a Cosa Nostra. Che cosa si ottiene che non si possa ottenere per altre vie? Pennino elenca con pazienza: «I permessi per aprire attività nel proprio o in altri territori[7]; il modo per garantirsi, per riferire i soprusi dal punto di vista politico, per ottenere appoggi. Nessuno si può permettere di commettere qualsiasi reato in quel territorio che non sia a conoscenza della famiglia, perché in questo caso vengono sguinzagliati tutti gli uomini d'onore e tutti coloro che sono vicini agli uomini d'onore finché non si trova il responsabile del reato. A nessuno è consentito in un territorio non solo di commettere un reato, ma anche di aprire qualsiasi attività di carattere legale: c'è un geloso controllo... un comando geloso. Nessuno può iniziare qualsiasi attività lecita e soprattutto illecita se non ha il consenso del capofamiglia rappresentante».

Domanda il pubblico ministero: «E se un'attività viene iniziata senza permesso, senza l'autorizzazione, che cosa succede?»

Risponde Pennino: «Può succedere di tutto... possono intimidirli, fare danneggiamenti, provocare danni alle auto, anche alle persone e cosí via, secondo l'importanza dell'esercizio».

È una dittatura militare che controlla l'economia, la vita civile e, naturalmente, la politica. Nelle elezioni dell'aprile 1992 conquista un seggio al Senato il democristiano Vincenzo Inzerillo. Giovanni Drago racconterà di aver saputo da Giuseppe Graviano

7. *i permessi... territori*: ogni cosca mafiosa ha un suo territorio di pertinenza, che gestisce e su cui illegalmente comanda.

della ferma determinazione del boss di *avvicinarlo*[8]. Gioacchino Pennino, che sa di mafia e di politica, per aver frequentato l'una e l'altra nel medesimo tempo, fa un passo piú in là: rivela che Inzerillo aveva *l'appoggio* dei Graviano e godeva di *un sostegno di tipo politico, mafioso e imprenditoriale.*

Fra i numerosi pentiti degli anni Novanta c'è un geometra, Tullio Cannella[9], nato e cresciuto a Brancaccio, divenuto piccolo imprenditore con il favore di Cosa Nostra. Militante dell'Azione Cattolica[10], nel 1980, a ventisei anni, Cannella decide di candidarsi per la Dc nelle elezioni per il consiglio di quartiere. Scopre allora che «gli appartenenti a Cosa Nostra, persone di rilievo... erano loro che decidevano tutto, nel senso che decidevano le liste[11], decidevano chi doveva entrare in una determinata zona a cercare voti e chi in un'altra zona dello stesso quartiere. C'erano luoghi dove non potevo andare a cercare voti perché erano privilegiati altri candidati che erano stati indicati da questi uomini».

Archiviate le ambizioni politiche a tutto vantaggio degli affari, Cannella tornerà ad affaccendarsi intorno a liste e candidati solo nel 1993 quando con Leoluca Bagarella, il cognato di Riina, fonderà un movimento politico d'ispirazione leghista, *Sicilia Libera*. Cercherà in quell'occasione un contatto con Giuseppe Cilluffo, il presidente del consiglio di quartiere di Brancaccio. E chi gli procurerà l'appuntamento? I fratelli Graviano. Che gli forniranno anche la scorta.

«All'appuntamento con il Cilluffo fui accompagnato da Vittorio Tutino, all'uopo[12] incaricato dai fratelli Graviano... Con Cilluffo ci incontrammo in via Brancaccio, in un piano terra sulla sinistra a cento metri dalla statua di san Gaetano, quindi dalla chiesa dove c'era padre Puglisi...»

L'imperfetto, nella ricostruzione, è un tempo dovuto: l'incontro avviene nel dicembre del 1993, padre Puglisi è già stato ucciso.

8. *avvicinarlo*: stabilire un'intesa con lui.
9. *Tullio Cannella*: collaboratore di giustizia dal 22 luglio 1995. Egli stesso ha detto di aver goduto dell'«assistenza» di Pino Greco detto "Scarpa", killer corleonese poi ucciso, e di essere stato la «persona di fiducia» del cognato di Riina, Leoluca Bagarella. Si è dichiarato «l'estorto prediletto» dei fratelli Graviano.
10. *Azione cattolica*: organizzazione cattolica, attiva in Italia dal 1868, che favorisce la collaborazione tra laici e clero.
11. *liste*: liste elettorali.
12. *all'uopo*: al bisogno, per l'occasione.

Dopo l'estate delle stragi don Pino decide che non può piú rimanere solo. C'è troppo da fare a Brancaccio, ha bisogno d'aiuto. Ma è lui a stabilire chi chiamare nella parrocchia di San Gaetano. E sceglie un giovane.

Nell'autunno del 1992 convoca un diacono[1] fresco di ordinazione. Si chiama Gregorio Porcaro. Ha trentadue anni e l'entusiasmo di un ragazzo. Gregorio conosce «3P» fin da quando aveva otto anni. Lo ha incontrato nella parrocchia di Valdesi, la borgata palermitana dov'è nato: Gregorio era chierichetto, Puglisi aiuto parroco.

Hanno continuato a frequentarsi anche dopo, quando don Pino è diventato il cappellano dell'Istituto Roosevelt, un complesso che ospita figli di carcerati, di prostitute, di famiglie difficili, di fronte al mare dell'Addaura, poco lontano da Valdesi. Tra i diciotto e i vent'anni, «quando dovevo capire che cosa fare della mia vita», Gregorio è tornato a cercare il suo amico sacerdote.

Nella confusione della prima giovinezza, i colloqui con padre Puglisi sono stati per lui un modo per chiarirsi le idee, per capire, ma anche un'occasione di sincera meraviglia: «Mi capitò una volta di avere un appuntamento con lui alle 14,30, non so quali altri impegni avesse quel giorno. Arrivai e cominciai a parlare. Quando guardai l'orologio, erano passate cinque ore, non volevo crederci. "Padre Puglisi, – dissi, – ma sono cinque ore che parlo!" E lui, tranquillo: "E che c'è? Ti sei stancato?"»

Gregorio Porcaro è bassino, tarchiato, pieno di energia. La sua non è stata una vocazione precoce. Ha scelto il sacerdozio già quasi adulto, dopo attrazioni e ripulse[2], buttando all'aria un

1. *diacono*: persona che ha ricevuto il diaconato, l'ordine sacro che precede l'ordinazione sacerdotale.
2. *ripulse*: rifiuti, negazioni.

fidanzamento e un lavoro ben pagato come esattore di una compagnia di assicurazioni. È stato missionario in Messico, dove si è innamorato della Teologia della liberazione, poi in Bangladesh. È stato ordinato diacono il 18 luglio del 1992. *Alla vigilia della strage Borsellino*, precisa con il puntiglio di certi palermitani, abituati a datare gli avvenimenti della propria vita sul sangue di mafia. Sei mesi dopo, il 16 gennaio 1993, è stato ordinato sacerdote.

Da diacono, contava di partire nuovamente come missionario. La richiesta di padre Puglisi di averlo a Brancaccio lo riempí, dice, di fierezza e di tormento. Del colloquio con il parroco, che finí col convincerlo a restare, ricorda con nettezza una frase: «Gregorio, il Terzo Mondo è qui». Porcaro dice d'aver visto a Brancaccio scene di miseria angosciose come in India.

Nel condominio di via Hazon 18, poco dopo il suo arrivo nel quartiere, Gregorio Porcaro subisce quel che potrebbe definirsi un rito d'iniziazione. Un pomeriggio viene mandato a portare l'estrema unzione a un moribondo. Sale veloce le scale buie del palazzo. Su un pianerottolo, un gruppo di ragazzi seduti per terra. Il giovane sacerdote è una preda ghiotta: un giocattolo grazioso da tormentare per rompere la noia dell'interminabile serata autunnale.

Tre contro uno, i ragazzi gli sbarrano il passo, lo prendono in giro. Gregorio spiega pazientemente che cosa sta andando a fare, chiede di poter passare. I tre non si muovono, scherzano, provocano. Finché Porcaro depone in un angolo il suo corredo, si rimbocca le maniche e parte alla carica. È forte, impetuoso, soprattutto furibondo. I tre avversari battono rapidamente in ritirata. «Ma ora, – si lamentano, – pure i parrini possono dare legnate?»

«E che è proibito?» reagisce Gregorio. E riprende a salire le scale.

Dopo l'assassinio di don Puglisi, Gregorio Porcaro lascerà il sacerdozio. Nel 1998 si sposerà. Oggi è padre di due bambini. Ricorda con passione gli anni di Brancaccio, a cominciare da quell'inaspettato match sulle scale, col morente in attesa del prete, che segnò l'inizio, se non di un'amicizia, certo di una simpatia con i diavoli di via Hazon.

Parla di padre Puglisi con affetto e devozione. Tiene a dire che venne ucciso al culmine di 33 anni di sacerdozio e che la sua predicazione a Brancaccio durò tre anni. Porcaro vede in queste date una similitudine profonda tra la vita, e la morte, di don Pino e la vita, e la morte, di Gesú Cristo.

Del parroco di Brancaccio dice con semplicità: «Si muoveva fuori dell'ombra del campanile[3]».

Appena arrivato, il diacono viene nominato sul campo comparroco. È una qualifica inesistente, l'ha inventata padre Puglisi: pegno di un'alleanza, di una solidarietà, di un'amicizia. Il sacerdote piú anziano affida a quello piú giovane i giovani. Gli dà piena libertà d'azione. Non obietta nulla se Gregorio tiene durante la messa omelie «dialogate», invitando i parrocchiani a rispondere, a discutere. Non a tutti piacciono questi metodi poco tradizionali. Racconta Porcaro: «Una volta, a una messa pomeridiana, cominciai cosí l'omelia: "Dicono che Brancaccio è un quartiere ad alta densità mafiosa; qualcuno di voi sa come si calcola questa densità?" Un giovane che era in chiesa mi aspettò all'uscita. Mi bussò alla spalla. Iniziò: "Sa come mi chiamo io?" Non lo conoscevo, feci segno di no con la testa. "Graviano", si presentò. "Sono Benedetto Graviano. C'è bisogno che le spieghi chi sono i Graviano?" Io tacevo. Lui continuò: "Glielo dico io come si calcola la densità mafiosa: dal numero di fesserie che si dicono di un quartiere. E a Brancaccio siete in due a dirle: i giornali e voi preti. Vi state inventando un sacco di fesserie, voi preti..." Io reagii: "Altro che fesserie, mi spieghi lei, allora, perché questo quartiere è quello che è, un posto dove non c'è niente, miseria e fame e niente lavoro?" E lui: "Ma questo è colpa dello Stato..." Raccontai tutto a padre Puglisi, capí subito chi era l'uomo che mi aveva fermato, mi spiegò che lavorava alle Poste».

Dunque il Benedetto Graviano sceso in campo per difendere, sulla soglia della chiesa di San Gaetano, l'onore del quartiere, sfregiato e offeso dai preti, non è il maggiore dei fratelli Graviano. Uno della famiglia, comunque, fiero del cognome che porta, tanto da esibire le insegne del casato, e deciso a farlo valere.

Gregorio Porcaro fa risalire l'episodio ai primi mesi del 1993. Lo considera il sintomo di un'insofferenza che serpeggiava, di un rifiuto che cominciava a esprimersi per mormorii, sussurri, sotterranee diffamazioni: «Girava voce che stavamo demonizzando il quartiere, che ci stavamo inventando di tutto».

Ai demoni piace usare la parola demonizzazione. Come i criminali amano lamentarsi della criminalizzazione. A Brancaccio la

3. *si muoveva.. campanile*: si occupava di molte cose, anche apparentemente lontane dall'operato della Chiesa.

dittatura di Cosa Nostra è piena completa irrefutabile[4], i latitanti vanno e vengono, non c'è bottega che non subisca l'estorsione, ma dirlo ad alta voce significa demonizzare. E i demoni esigono il silenzio.

4. *irrefutabile*: indiscutibile, innegabile.

Nel novembre del 1992 viene giú il soffitto di San Gaetano, piagato dal terremoto del '68. Succede quando le piccole navate sono deserte, nessuno si fa male. Ma la chiesa è inagibile e tocca andarsene. La parrocchia si trasferisce poche decine di metri piú in là, in via San Ciro, in un locale ricavato nella sede del consiglio di quartiere.

In quella palazzina padre Puglisi inaugura il nuovo anno con un gesto dirompente. E il caso vuole che compia quel gesto su un palcoscenico.

È l'Epifania. Per celebrarla in allegria la parrocchia ha organizzato una recita in un saloncino detto pomposamente l'Auditorium. Recita di bambini, di ragazzi, con il parroco dietro le quinte.

Quando lo spettacolo finisce e il sipario si alza, padre Puglisi arriva al bordo del palcoscenico. E nel bagliore delle luci improvvisamente accese, vede di fronte a sé i consiglieri di quartiere con il presidente Cilluffo, assessori, deputati democristiani. Sono tutti seduti in prima fila, sorridono, applaudono.

«Come avete il coraggio di presentarvi? – li investe il parroco. – Voi che non avete fatto nulla per questo quartiere! Qui c'è una situazione di enorme disagio, disoccupazione, situazioni familiari assurde, una promiscuità[1] incredibile, non c'è neppure una scuola media e voi venite qui a cercare voti. Ma con quale faccia?»

In sala scende un gelido silenzio. Gli uomini del potere si guardano sbalorditi. Che cosa grida il piccolo parroco, come osa rimproverarli davanti a tutti? È una sfida. È una scomunica. È l'inaudito.

Tre settimane piú tardi, il 29 gennaio 1993 il Centro Padre Nostro viene inaugurato ufficialmente. È sera di festa grande. L'ospite d'onore è il cardinale Pappalardo. Due anni prima, a lui i parrocchiani di Brancaccio avevano chiesto di avere le suore.

1. *promiscuità*: convivenza confusa di maschi e femmine.

Proprio alle suore, nel discorso ufficiale, si rivolge il cardinale. Loda il coraggio delle Sorelle dei poveri, le ringrazia per essere venute in una città di cui tanti hanno paura.

Il coraggio. La paura. Non sono parole scelte a caso. Da due settimane Salvatore Riina, il capo dei capi di Cosa Nostra, è in carcere. Latitante da trentasette anni, viene catturato dai Carabinieri alle otto del mattino del 15 gennaio, mentre percorre in auto, con l'autista, la circonvallazione di Palermo, come un qualunque alto burocrate che va in ufficio. Nel portafogli gli trovano un santino: l'immaginetta di Santa Rosalia, patrona di Palermo. Devotissimamente il boss la custodisce.

Cosa Nostra col capo in galera è un enigma da interpretare. Riina è un monarca deposto[2]? L'hanno tradito gli amici? O consegnato i nemici? L'Italia apprende con sgomento che il capo dei capi viveva in un quieto condominio, in una zona residenziale di Palermo, come un tranquillo benestante, accompagnava la moglie a partorire in una delle migliori cliniche private della città, mandava i quattro figli a scuola, si muoveva nelle vie del centro con modeste precauzioni. Come reagirà Cosa Nostra alla decapitazione?

Dopo la strage in cui è stato ucciso Giovanni Falcone, a centinaia di finestre, di balconi sono stati appesi lenzuoli bianchi con grandi scritte contro la mafia: un modo per gridare la rivolta morale della città – almeno, di un grande pezzo della città. Dopo l'assassinio di Paolo Borsellino i lenzuoli si sono moltiplicati. La cattura di Riina, l'inafferrabile, sembra una risposta a quell'indignazione, quasi un risarcimento. C'è speranza e spavento. Voglia di ragionare, di capire.

E si ragiona di mafia con passione nel Centro di via Brancaccio. Il 18 febbraio la Fuci organizza un incontro che ha un titolo esemplare per chiarezza e concisione: «Chiesa e mafia». Padre Puglisi tiene in quell'occasione un discorso che è, insieme, manifesto, programma. Improntato a un minimalismo[3] disincantato, il discorso si conclude con un guizzo di speranza: quell'attesa fiduciosa nel lavoro della magistratura che allora, nell'onda in piena di Mani pulite, attraversa tutta l'Italia.

Dice il parroco: «La prima cosa da fare è rimboccarsi le maniche: aiutare il bambino, il preadolescente, possibilmente anche

2. *deposto*: rimosso dal suo ruolo.
3. *minimalismo*: atteggiamento di chi richiede l'attuazione di un programma minimo di riforme.

l'adolescente – il discorso pedagogico con il giovane e l'adulto è molto difficile. Dobbiamo agire per aiutarli ad avere un senso della propria dignità, della propria vita. Dobbiamo riuscire a far capire loro perché esistono, per che cosa vivono, ma senza fare discorsi filosofici. Il bambino di quelle famiglie capirà i gesti che si faranno: il gioco, la convivenza, intesi come modelli di comportamento. Il vedere che due adulti qui si trattano fra loro con molto garbo e rispetto dà loro la possibilità di osservare le cose in modo diverso. Cosí pure è importante, nel gioco, far loro vedere che ci sono delle regole da seguire, che non è giusto barare: nell'ambiente mafioso chi bara ha piú consenso, perché esprime doti particolari, come la furbizia...

C'è fra noi chi va a trovare una famiglia che ha il figlio in carcere non perché si droga ma perché spacciava droga. In alcuni casi è tutta la famiglia che spaccia droga. Lí si può soltanto dire: siamo solidali con voi in questo momento di sofferenza. È come se lanciassimo un messaggio: siamo vicini a voi e ai vostri figli. Diventa una controproposta anche per loro, uno stile di vita. Per loro lo scopo della vita è guadagnare. A qualsiasi costo. Un volontario e una suora che vanno lí, nelle loro case, con senso di solidarietà, di gratuità, di amore cristiano rappresentano una controproposta che potrà avere un'efficacia in seguito.

Io credo a tutte le forme di studio, di approfondimento e di protesta contro la mafia. La mafiosità si nutre di tutta una cultura, e la diffonde: la cultura della illegalità. La cultura sottesa alla mafia è la svendita del valore della dignità umana. E i discorsi, la diffusione di una cultura diversa, sono di grande importanza. Ma dobbiamo stare molto attenti che non ci si fermi alle proteste, ai cortei, alle denunce. Se ci si ferma a questo, sono soltanto parole. Le parole vanno convalidate dai fatti. Noi abbiamo piú di cinquant'anni di parole pronunciate da parte di questi qui [i politici] che finalmente adesso vengono sbugiardati. Parole, solo parole, belle parole...

L'azione dei volontari e delle suore del Centro Padre Nostro dev'essere un segno. Non può trasformare l'ambiente, questo non ce lo possiamo permettere neppure come illusione. È soltanto un segno per cercare di muovere tutto l'ambiente, per cercare di dare un modello di comportamento, per spingere le autorità a fare il loro dovere, perché tutti a poco a poco si sentano coinvolti. Non per risolvere i problemi di Brancaccio. No, è solo per dire: dato che qui non c'è niente, noi vogliamo rimboccarci le maniche per dimostrare che si può fare qualcosa. Se ognuno di noi fa qualche cosa, allora si può fare molto.

Dovrebbe pensarci lo Stato, è vero, ma noi cerchiamo di insistere, di spingere e il nostro agire diventa protesta. Speriamo che loro [sempre i politici] capiscano questo nostro linguaggio, perché purtroppo tante volte può capitare che si facciano dei gran baffi[4] sia dei cortei che dei discorsi e delle denunce. Finché non arrivano i magistrati. E pare che stiano arrivando anche in Sicilia. Finalmente».

Senza un gesto, senza la forza di un gesto – dice Puglisi – la parola è muta.

Per questo cambia il percorso delle processioni. Nei riti della Pasqua, durante la via Crucis non si passa piú solo sotto i balconi dei notabili. La processione ora s'inoltra nei vicoli umidi, imbocca le viuzze nascoste, sfiora la soglia degli umili, dei poveri, degli esclusi.

Per questo, in chiesa, chiama a servire messa anche le bambine, le fa cantare nel coro. In un quartiere dove le donne, fin da piccole, si dividono in madonne e puttane, femmine da sposare, femmine da sfruttare, trattarle come creature uguali ai maschi, riconoscere in loro persone con pari dignità è una rivoluzione.

I gesti. Silenziosi. Efficaci. Quando si accorge che i bambini fanno la comunione a giugno, per festeggiarla con un sontuoso festino familiare, e in autunno spariscono, dopo la lunga diserzione dell'estate, sposta le comunioni a ottobre. Alle volontarie che frequentano il centro, chiede di portare anche i figli, perché frequentino i bambini di Brancaccio, anche i diavoli di via Hazon, perché diventino amici.

È il suo stile: non fa prediche, non giudica, non condanna. Osserva, studia, analizza, agisce. Lavora per cambiare le cose.

Ha scritto Leonardo Sciascia in *L'affaire Moro*[5]: «Nel farsi di ogni avvenimento che poi grandemente si configura c'è un concorso di minuti avvenimenti, tanto minuti da essere a volte impercettibili, che in un moto di attrazione e di aggregazione corrono verso un centro oscuro, verso un vuoto campo magnetico in cui prendono forma: e sono, insieme, il grande avvenimento appunto. In questa forma, nella forma che insieme assumono, nessun minuto avvenimento è accidentale, incidentale, fortuito: le parti, sia pure molecolari, trovano necessità – e quindi spiegazione – nel tutto, e il tutto nelle parti»[6].

4. *che si facciano dei gran baffi*: che non tengano in alcun conto.
5. *L'affaire Moro*: saggio dedicato al sequestro di Aldo Moro, durato dal 16 marzo al 9 maggio 1978 e conclusosi con l'uccisione dell'uomo politico da parte dei terroristi delle Brigate rosse.
6. L. Sciascia, *L'affaire Moro*, Sellerio 1978, p. 30.

Tra i minuti avvenimenti che segnarono l'esperienza quotidiana di padre Puglisi a Brancaccio, è probabile che molti sfuggirono allo sguardo di chi gli è vissuto accanto. Consente d'intravederli, molto in controluce, il racconto di suor Carolina: «Padre Puglisi era pane al pane e vino al vino. Non accettava compromessi, mezze misure: se una persona non era moralmente all'altezza di fare il padrino di battesimo o di cresima, non l'accettava. Per esempio, se sapeva che uno era implicato nella mafia o se aveva due donne, lui si rifiutava di accettarlo come padrino. Io sentivo qualche scontento, qualche lamentela: ma 'sto parrino, dicevano, chi si crede di essere? Padre Puglisi non accettava condizionamenti, era cosí e basta, non era possibile rimediare. Non aveva paura, soprattutto non accettava di comprarsi la gente[7] per farsi amare. Aveva molta personalità. Diceva: questo è il Vangelo, tu mi odi perché te lo dico? è un problema tuo... Nel Vangelo è scritto: la verità vi farà liberi. Lui l'ha testimoniato fino alla morte».

A chi disse di no? A quale uomo di rispetto impedí di presentarsi in chiesa come il padrino di un bambino da battezzare, di un ragazzo da cresimare? Dice suor Carolina che l'intransigenza del parroco gli procurava amore, ma spesso anche risentimento, astio, odio addirittura.

Negletta[8] in Italia, l'intransigenza è a Palermo una virtú esiliata. *Dicci sí*, esorta una fra le piú sornione espressioni palermitane. E tra i proverbi piú conosciuti e citati dell'isola figura quel *Calati junco ca' passa la china* (abbassati, giunco, ché passa la piena), inno all'arrendevolezza, alla flessibilità: invito ad assecondare il favore del vento, del tempo.

C'è un gesto che Puglisi rifiuta di compiere, e con determinazione, con ostinazione, senza ripensamenti: darsi da fare per ottenere finanziamenti pubblici per il Centro. Basterebbe cosí poco per averli: darsi uno Statuto, assumere una forma giuridica che consenta di chiedere contributi. La Regione Siciliana ha una consolidata tradizione di generosità assistenziale, non rifiuterebbe un aiuto a una parrocchia che assiste gli ultimi in una delle piú sconsolate periferie della capitale dell'isola.

Suor Carolina ricorda d'averne parlato spesso con don Pino, «ma lui pensava che, se fossero arrivati finanziamenti per il Centro, avremmo perso il volontariato. In realtà il Centro era na-

7. *comprarsi la gente*: compiere gesti accomodanti per ottenere favori.
8. *Negletta*: disprezzata, trascurata.

to all'insegna della Provvidenza, padre Puglisi aveva una grande fiducia nella Provvidenza, ricordava sempre che molti benefattori ci avevano aiutato. Ma i contributi pubblici, no, non li voleva... diceva che i soldi fanno perdere tanti valori, fanno morire l'entusiasmo, la voglia di racimolare anche le 5 lire per andare avanti...»

In Sicilia come altrove, i finanziamenti pubblici sono merce di scambio. Per averli, e per conservarli dopo averli ottenuti, bisogna coltivare opportune alleanze, rendersi grati e dimostrare gratitudine, addestrarsi alla sottomissione: entrare, insomma, nel gran mercato della politica. Padre Puglisi ne sta alla larga. E tende a manifestarlo con gesti pubblici. Plateali, perfino.

Racconta Giuseppe Carini: «Una volta eravamo davanti alla parrocchia, io, il parroco e Fabio Di Giuseppe. Nella buca delle lettere c'era una busta intestata Senato della Repubblica. Era un messaggio di auguri del senatore Inzerillo. Lo presi: "Padre Puglisi, – domandai, – che devo farne?" E lui, sornione: "Tu che cosa ne vuoi fare?" Mi venne da ridere. "Ho capito", dissi, e lo strappai».

In quel 1993 la politica è un mondo che crolla. In febbraio, a un anno dall'arresto di Mario Chiesa, l'avvio ufficiale dell'indagine milanese conosciuta col nome di Mani Pulite, le richieste di autorizzazione a procedere in Parlamento[9] sono già centotrentotto, novecento gli indagati, piú di duecento gli arrestati, ottantotto le inchieste aperte. Alla fine di marzo la Procura della Repubblica di Palermo chiede l'autorizzazione a procedere contro il senatore a vita Giulio Andreotti per concorso esterno in associazione mafiosa[10].

Carini ricorda d'averne parlato con padre Puglisi «in macchina, una sera. Lui era angosciato. Diceva: "Ma se tutte queste cose, se queste dicerie su Andreotti dovessero risultare vere, sarebbe terribile". Io gli raccontavo come andavano le cose nel quartiere, a Brancaccio, gli dicevo che i voti si compravano...»

Eppure con la politica tocca incontrarsi, piú spesso scontrarsi. In quei mesi i contatti con sindaci, assessori, amministratori pubblici diventano continui, incalzanti. C'è la battaglia per avere la scuola media, la battaglia per liberare gli scantinati di via Hazon

9. *autorizzazione a procedere in Parlamento*: atto con cui, fino al 1993, il Parlamento concedeva o negava l'autorizzazione ad avviare un procedimento penale contro uno dei suoi membri.
10. *concorso esterno... mafiosa*: collaborazione realizzata dall'esterno, senza far parte direttamente dell'organizzazione mafiosa.

18, la battaglia per il diritto alla salute, per il campo di calcio...

In gennaio parroco e Comitato Intercondominiale incontrano il sindaco, l'ennesimo sindaco di Palermo, il socialista Manlio Orobello. In un calendario fittissimo, vedono poi assessori comunali e regionali, presidenti di Usl, perfino i vigili urbani del Nopa, il Nucleo specializzato in pulizia ambientale.

Di incontro in incontro, quel pugno d'illusi guidati da un sacerdote finisce con l'attirare l'attenzione della stampa. Una cronista del «Giornale di Sicilia», Nadia Campanella, comincia a seguire con simpatia la loro crociata, a raccontarla con scrupolo. La benevolenza del maggior quotidiano della città impressiona i politici, li costringe – se non al rispetto – all'attenzione.

In quelle delegazioni c'è spesso anche Giuseppe Carini. Cammina a testa alta accanto al parroco. Fiero, orgoglioso: «Venivamo ricevuti dal consiglio di quartiere, ma anche dal sindaco, dal prefetto. E poi c'erano i convegni, l'attività culturale. Padre Puglisi rappresentava un nuovo punto di riferimento e questo era importantissimo. L'attività del Centro Padre Nostro dette a molte persone la possibilità di ottenere un aiuto senza dover fornire qualcosa in cambio. Il parroco girava molto, casa per casa: andava in via Hazon, saliva e scendeva, aveva un contatto continuo, diretto con la gente. Rompeva i coglioni, sostanzialmente. Era uno che non rimaneva con le mani in mano, dinamico: un tipo tosto».

Il parroco va e viene. Entra nelle case di tutti. Va a parlare con le mogli dei carcerati. A Natale Puglisi e le suore hanno scritto una lettera ai detenuti di Brancaccio reclusi nel carcere dell'Ucciardone.

Datato 24 dicembre 1992, il testo è breve, si apre con una formula affettuosa («Cari amici del quartiere Brancaccio detenuti in questa casa circondariale[11]»), continua con semplicità: «Comprendiamo la vostra sofferenza: a Natale è forte il desiderio di stare con i propri cari». Nella lettera si propongono incontri in carcere, «se ci sarà permesso e se voi lo vorrete».

In chiusura un invito esplicito a proseguire il contatto, «quando sarete finalmente liberi», al Centro Padre Nostro. Il tono è di grande rispetto: nessuna riprovazione, nessun accenno al male, al peccato, nessuna volontà di conversione. Ispirata, si direbbe, a un eccesso di diplomazia, la lettera sfocia nell'oscurità, nella tortuosità: «Riteniamo che incontrandoci e parlandoci si possono creare le condizioni di spirito per vivere con quella serenità necessaria

11. *casa circondariale*: prigione.

per affrontare in maniera diversa le difficoltà della vita». E non una parola, naturalmente, sulla mafia.

Ma nelle case dei mafiosi, dei piccoli criminali il parroco entra, parla con le donne, si interessa ai loro problemi. Mai una predica, mai una condanna. Il parroco, le suore offrono aiuto, simpatia, consolazione.

Il *parrino*, dunque, è sempre in giro, sempre in movimento. Instancabile. Incontrollabile. Cosa Nostra diffida, è in allarme, decide di metterlo sotto osservazione. L'incarico di spiarlo è affidato a un insospettabile: il medico Salvatore Nangano. È nato a Brancaccio, figlio di un ferroviere. Famiglia religiosissima. Da ragazzo ha frequentato l'Azione cattolica. Come Tullio Cannella, che lo ricorda con malizia: «Era un ragazzo che si annacava...» E traduce, a beneficio dei magistrati: «Si annacava, cioè si sentiva importante, ci piaceva avere certe amicizie di grosso calibro... E per la sua vicinanza con i fratelli Graviano e ancor prima con Pino Greco Scarpa [temutissimo killer, ucciso nel 1985] era ben voluto ed era accettato in maniera graziosa».

Un altro, insomma, deciso a camminare a testa alta. Nel destino di Nangano, un matrimonio: sua sorella Maria Caterina sposa Giuseppe Mafara, solido ceppo d'antica mafia, tra le famiglie piú potenti di Brancaccio che poi, nella guerra degli anni Ottanta, verrà decimata, emarginata, *posata* – ovvero, nel gergo di Cosa Nostra, – accantonata[1].

Il medico Nangano è massone[2], iscritto con numerosi altri professionisti alla loggia[3] Praxis. Lavora in un ambulatorio di via dei Quartieri, a San Lorenzo, una borgata a occidente della città. Ma possiede anche un secondo ambulatorio, tutto suo: è in via San Ciro, poco distante dalla parrocchia. La titolarità dell'ambulatorio, nell'interpretazione dei mafiosi che hanno scelto di collaborare con i magistrati, è la prova certa delle intese fra il medico e i dittatori di Brancaccio.

1. Dalla sentenza della Corte d'Assise di Palermo, sezione terza contro i fratelli Filippo e Giuseppe Graviano e Salvatore Grigoli, depositata il 13 marzo 2000: «Il Nangano, pur non essendo uomo d'onore, era vicino alla famiglia mafiosa di Brancaccio, in quanto la sorella Maria Caterina aveva sposato uno dei Mafara, Giuseppe, che era all'epoca una delle piú potenti famiglie all'interno di Brancaccio».

2. *massone*: membro della massoneria, associazione segreta nata nel XVIII secolo che prevede l'aiuto e la reciproca collaborazione tra i suoi iscritti.

3. *loggia*: nome dei gruppi massonici e dei loro luoghi di ritrovo.

Del resto, fra i clienti piú assidui del dottor Nangano, c'è Giuseppe Graviano. Il suo compagno di assassinii Giovanni Drago lo descrive come un ipocondriaco, ossessionato dalle malattie, preoccupato sempre di tenersi «sotto controllo».

Proprio le finestre dell'ambulatorio di via San Ciro diventeranno l'osservatorio privilegiato sulle attività del *parrino*. A Nangano viene affidato un mandato ampio: deve dire chi frequenta il Centro Padre Nostro, spiegare che cosa succede lí dentro.

Per il medico, non è difficile. Sua moglie e sua sorella frequentano la chiesetta di San Gaetano, fanno parte della Caritas[4], si prodigano in opere di beneficenza. Nangano stesso è un cattolico praticante, pieno di fervore. È stato un membro influente del comitato delle feste, prima che padre Puglisi lo liquidasse. E ha libero accesso al Centro Padre Nostro.

Quando suor Carolina s'ammala di bronchite, è al dottor Nangano che si rivolge. Il medico è sollecito nel presentarsi, premuroso, non fa che parlar bene del parroco, dice che è un bravo sacerdote, professa per lui una sconfinata ammirazione. E poi racconta una storia, una storia misteriosa che suor Carolina ricorda ancora con turbamento: «Diceva che, al tempo del comitato delle feste, una sera avevano portato san Gaetano in processione per il quartiere. La statua del santo era tutta illuminata, l'illuminazione era assicurata da una batteria. Finché la processione è arrivata in un vicoletto di via Conte Federico, proprio nel luogo dov'era stato ucciso un grosso mafioso, e quando il Santo è entrato in quel vicoletto e si è fermato davanti a una cappella che lí sorgeva, si sono spente tutte le luci. Il dottore Nangano diceva: "Che cosa ne pensa, suor Carolina, sarà stato un caso? si sarà scaricata la batteria, cosí tutto di colpo? Certo, è un caso curioso, suor Carolina, che tutte le lampadine si siano spente di colpo proprio lí". Per lui era un segno, cosí diceva. Poi abbiamo saputo che era il medico dei mafiosi».

È probabile che l'aneddoto raccontato dal medico nella visita a suor Carolina riguardi proprio il padre dei Graviano, Michele, ucciso appunto in un vicolo di via Conte Federico, a pochi passi da casa. Difficile dire se, nelle intenzioni di Nangano, il racconto servisse ad accertare quanto le suore realmente sapessero delle storie di Brancaccio, delle sue tragedie, o, piú semplicemente, a

4. *Caritas*: associazione organizzata dalla Chiesa per aiutare chi si trova in condizioni di difficoltà economica e sociale.

spaventarle. È certo, comunque, che in quei mesi, nelle riunioni al Centro Padre Nostro il nome dei Graviano, come quello di altri mafiosi latitanti nel quartiere, risuona spesso, con un'insistenza e una precisione di dettagli che trova spiegazione nel sentimento di quel tempo, nella sensazione diffusa di una stagione nuova: una mafia in difficoltà, uno Stato che la incalza, l'impunità che crolla.

Di quel clima danno piena testimonianza i ricordi di Salvo Palazzolo: «La sera, nelle riunioni che continuavamo a tenere nella sacrestia della canonica, i discorsi cominciarono a farsi pesanti. Qualcuno di noi era già impegnato in esperienze giornalistiche, i nomi dei mafiosi ci erano divenuti familiari. Forse per liberarsi da un peso, padre Puglisi parlava. E parlavano anche i ragazzi di Brancaccio. Erano discorsi concreti: Benedetto Graviano va a giocare là, Giuseppe Graviano si fa vedere là... Si discuteva di mafia, ma davvero: le facce, le presenze...»

Non è un dialogo semplice quello che si instaura fra il prete e i suoi ragazzi. Palazzolo ne ha un ricordo nitido: «Militavamo nel movimento antimafia, la nostra opinione – l'opinione di tutti noi era che la mafia si denuncia e basta. Padre Puglisi, invece, avviò una riflessione sul ruolo specifico della Chiesa, cominciando a distinguere tra la mafia, struttura di peccato, e il peccatore, il singolo mafioso: la struttura di peccato, sosteneva, va condannata, ma il peccatore deve essere recuperato. Lo ascoltavamo con scetticismo, perplessi. Alcuni di noi arricciavano il naso. Erano riflessioni su un filo strettamente teologico, e di un sacerdote che aveva una grande finezza in materia. Non riuscivamo a seguirlo».

Perfino i suoi ragazzi non capiscono. O di qua o di là, dicono. Piú brutale della logica di un computer, la società civile funziona secondo un rigido sistema binario: contro la mafia c'è una guerra in corso; non c'è spazio per distinguere, per ragionare. La complessità è un lusso che le guerre non si possono permettere.

L'immagine del parroco che vuole strappare alla struttura mafiosa i mafiosi peccatori stride con la rozza calunnia di un don Puglisi «sbirro». Tanto è falsa quella rappresentazione – che pure, alacremente[5], subdolamente, Cosa Nostra fa circolare nel quartiere – che nessuno dei discorsi tenuti nelle stanze del Centro arriva anche soltanto al commissariato di polizia del quartiere.

Considerazione che nulla toglie all'idea che sia curioso che un

5. *alacremente*: velocemente.

pugno di ragazzi tutto conosca del passaggio e del passeggio dei latitanti, dei loro giochi e delle loro distrazioni, mentre il commissariato tutto ignori.

Gregorio Porcaro ricorda che nella primavera del '93 padre Puglisi gli disse: «Stiamo pensando ai bambini, stiamo pensando ai ragazzi. E per gli uomini, per gli adulti: per loro non vogliamo fare nulla?»

Domanda retorica. Chiaro che anche agli adulti bisogna pensare, non è giusto abbandonarli al loro destino. Il parroco sa già dove vuole arrivare: vuole fondare una confraternita, come avviene negli altri quartieri e nelle borgate di Palermo. Niente a che vedere, però, con il vecchio comitato delle feste. Puglisi vuole raccogliere un'assemblea di persone, e chiamarle a discutere quello che è per lui il tema chiave della vita: la vocazione[1]. Quello che altri chiamano il destino.

Giuseppe Carini ha un ricordo diverso. Sostiene che l'idea della confraternita venne suggerita a padre Puglisi da un gruppo di parrocchiani e il sacerdote l'accolse volentieri. «Quando si disse "facciamo la confraternita", il parroco rispose: "D'accordo, ma se certe persone chiedono di entrare, voi direte di no?" Fece questo discorso paro paro[2] e c'eravamo io, Pino Martinez, forse Cilluffo e altre persone. Io feci alcuni nomi, nomi di persone che non si potevano accogliere. Padre Puglisi disse in maniera piú generica: "Se persone poco pulite chiederanno di entrare, saprete dire di no? Perché, – aggiunse, – è inutile che lo dica solo il prete"».

La prima riunione per fondare la confraternita si tiene il 4 maggio. All'appuntamento si presentano in parecchi, in prima fila i reduci dell'estinto comitato delle feste. Si stabilisce di cominciare dando un nome all'organismo che sta nascendo. Puglisi propone di intitolare la confraternita al Padre nostro: ama quella preghiera piú di ogni altra e vuole rendere chiaro, evidente il legame

1. *vocazione*: chiamata di Dio all'uomo affinché compia il volere divino.
2. *paro paro*: esattamente cosí.

fra la nuova esperienza e il Centro di via Brancaccio. Ma incontra una tenace opposizione. Fra i presenti, parecchi preferiscono che sia la Confraternita San Gaetano.

Raramente le dispute sui nomi sono innocenti. Neanche questa lo è: ispirarsi al nome di san Gaetano significa ricondurre la nascente confraternita al rimpianto comitato delle feste. È un modo per suggerire all'occhio attento del quartiere che, dando tempo al tempo, la vecchia guardia ha avuto ragione del *parrino*: la piena è passata, il giunco può rialzare la testa. Si decide di votare sul nome. Il parroco viene battuto per un voto.

È un segno: di minorità, se non d'isolamento. Padre Puglisi incassa silenziosamente. Ma si affretta a distribuire agli aspiranti confratelli lo Statuto diocesano delle Confraternite. Vi si legge che il loro scopo non è profano: chi ne fa parte, deve manifestare una sicura coerenza tra la fede professata e la condotta di vita, deve ispirarsi nell'esperienza quotidiana ai valori cristiani, osservare principî di rettitudine, di carità. È un modo per suggerire che fondare la confraternita non significa che tornano i bei tempi delle questue-estorsioni[3], delle feste con i fuochi d'artificio e i cantanti.

Alle prime riunioni si presentano in venti. Ma piú il parroco insiste sulle finalità religiose della confraternita, piú i partecipanti diminuiscono.

Se quelle diserzioni[4] gli causano scontento, amarezza, delusione, padre Puglisi non lo dice. Del resto, tutt'intorno, continuano ad arrivare segnali di novità, di speranza. Domenica 9 maggio, al tramonto, nella Valle dei Templi di Agrigento, papa Giovanni Paolo II, davanti a tutti i vescovi siciliani, a duecentocinquanta sacerdoti, ottantamila fedeli, rompe la gabbia del discorso ufficiale per scagliare contro Cosa Nostra il piú potente anatema[5] mai pronunciato dall'autorità religiosa. Con voce di tuono il papa scandisce: «Dio ha detto una volta: non uccidere. Non può l'uomo, qualsiasi uomo, qualsiasi umana agglomerazione, qualsiasi mafia, non può cambiare e calpestare questo diritto santissimo di Dio. Questo popolo siciliano è un popolo talmente attaccato alla vita... Non può vivere sempre sotto la pressione di una civiltà della morte».

Ai mafiosi il Papa grida: «Convertitevi! Un giorno verrà il giudizio di Dio».

3. *questue-estorsioni*: richieste di denaro a scopo religioso che mascherano appropriazioni violente (estorsioni).
4. *diserzioni*: assenze, abbandoni.
5. *anatema*: condanna solenne, maledizione.

Nella folla che ascolta e applaude, ci sono i ragazzi di Brancaccio. Li ha guidati ad Agrigento Gregorio Porcaro. Padre Puglisi è rimasto a Palermo: per modestia, per discrezione, perché preferiva che fosse un giovane ad accompagnare i giovani. Ha ascoltato il discorso del Pontefice in televisione.

Porcaro ricorda che, al ritorno, ha sentito il parroco commentare: «Era ora». E aggiungere che troppi preti, e troppo a lungo, sono rimasti neutrali.

Undici giorni dopo, il 20 maggio, il Comitato Intercondominiale di via Hazon affida al consiglio di quartiere una lettera. Vi si chiede di intitolare la via Brancaccio, l'asse che attraversa il quartiere intero, a Giovanni Falcone e Paolo Borsellino. La firma di padre Puglisi risalta in calce al documento.

È una proposta che non avrà alcun seguito. Il Comitato non si preoccupa di darle pubblicità. Anni dopo, il pentito Giovanni Ciaramitaro testimonierà che i mafiosi sono stati subito informati della richiesta, e non l'hanno apprezzata.

C'è da credere che abbiano gradito ancora meno un'iniziativa alla quale don Pino ha lavorato con entusiasmo: una fiaccolata in onore del giudice Falcone nel primo anniversario della strage. Fra gli organizzatori c'è naturalmente l'Intercondominiale, ma anche i ragazzi del liceo scientifico «Basile» che ha sede sulla via San Ciro, proprio accanto alla delegazione di quartiere.

Venerdí 21 maggio padre Puglisi prende posto alla testa della fiaccolata. Il Tg3 delle 19, edizione nazionale, trasmette in diretta le immagini di quel miracolo: una marcia antimafia sotto i balconi dei mafiosi. Nel corteo, per la verità, c'è poca gente del quartiere, e quasi nessuno dei ragazzi di Brancaccio che pure frequentano la parrocchia. A sfilare sono soprattutto i volontari, quelli che vengono da fuori, oltre la barriera dei passaggi a livello. Ma il gesto è compiuto, un tabú è infranto.

Cosa Nostra non aspetta neanche ventiquattr'ore per scatenare il suo livore[6], il furore, la rappresaglia. Il parroco ha voluto far sfilare le fiaccole sotto i balconi dei Graviano? Se fuoco dev'essere, fuoco sia. Ma appiccato alla chiesa.

La parrocchia di San Gaetano in quei giorni è un cantiere. Dopo il crollo del soffitto un'impresa di Bagheria ha avuto finalmente l'appalto dal Comune per il restauro. 700 milioni, la spesa.

6. *livore*: astio, rancore.

La mattina di sabato 22 maggio un furgone dell'impresa va a fuoco. È un attentato in pieno giorno, in pieno sole: perché nessuno possa credere a una fatalità, un incidente.

Destino, puro caso o scelta di attentatori ben istruiti, davanti alla chiesa al momento dell'attentato c'è suor Carolina: sta passando di lí, vede tutta la scena. «Erano in due. Uno aveva il bidoncino con la benzina, l'ha lanciata sul furgone; l'altro è arrivato in motorino e ha gettato un fiammifero acceso: c'è stata subito la fiammata. Il camioncino ha cominciato a camminare da solo, poi è scoppiato».

L'*abbruciamento* lo definirà il titolare dell'impresa, Serafino Balistreri. Un danno di 8 milioni. La causa? Interrogato dalla polizia, Balistreri proclama senza incertezze: autocombustione[7]. Nel calore del maggio siciliano, il furgone è andato a fuoco da solo. Che altra ragione dovrebbe esserci? L'estorsione? Il pizzo? Ma figuriamoci: nessuno mai gli aveva chiesto alcunché.

Irremovibile, l'imprenditore nega l'evidenza. Al processo per l'assassinio di don Puglisi, il 4 novembre 1997, arriva a sfidare l'ira del pubblico ministero. Gli viene mostrato in aula un verbale, redatto negli uffici della Squadra Mobile. Reca la data del 17 settembre 1993, due giorni dopo l'uccisione di padre Puglisi. Nel verbale figura una dichiarazione di Balistreri: «In occasione del nostro secondo incontro il parroco mi confidò che anche lui aveva subíto degli atti intimidatori, senza spiegarmi la causa, facendomi comprendere di stare attento, collegando i due fatti in un solo motivo e, quindi, in un'unica matrice»[8].

Al processo, Balistreri reagisce alla lettura del verbale con veemenza, s'impenna, strepita, protesta: «Non l'ho detto io, l'avranno scritto... non ho potuto dire: unica matrice. Sicuramente non l'ho detto: chi l'ha scritto, ha scritto».

Eppure, negli atti processuali, c'è un'altra traccia dell'incontro fra parroco e imprenditore. È Giuseppe Carini a riferire a Salvo Palazzolo che don Pino ha tentato di forzare l'ostinata reticenza di Balistreri per cavarne almeno una scheggia di verità. Ha provato a domandargli se avesse ricevuto minacce, richieste d'estorsione. Non ha ottenuto niente: solo negazioni, silenzi.

Domenica 23 maggio, durante la messa, padre Puglisi parla di

7. *autocombustione*: incendio spontaneo.
8. *un'unica matrice*: un'unica causa. Gli atti intimidatori subiti da don Puglisi vengono associati all'incendio del furgone.

quel che è accaduto. Nell'omelia *spara dritto*[9] contro chi usa la violenza e si nasconde, contro la sottomissione al pizzo, contro ogni tentazione di piegarsi alle intimidazioni.

Brancaccio è piena di roghi in quei giorni. Saracinesche di negozi, portoni di botteghe vengono incendiati, danneggiati. Il commissariato di polizia non fa che ricevere denunce per gli *abbruciamenti*. Misteriosi tutti, inspiegabili e inspiegati perché nessuno dichiara di aver ricevuto richieste di estorsione.

Anni dopo, le inchieste giudiziarie accerteranno che, nel 1993 quando, con la cattura di Totò Riina, s'inizia la rotta dell'esercito corleonese e lo Stato comincia a incarcerare decine di mafiosi, si insedia nel quartiere una sorta di triumvirato cui è deputata la riscossione scientifica del pizzo[10]. Le spese per pagare gli avvocati, assistere i detenuti e mantenere le loro famiglie s'ingigantiscono. E l'estorsione dev'essere sistematica, nessuno può piú sottrarsi. I tre mafiosi che compongono il triumvirato – Giuseppe Battaglia, Giorgio Pizzo, Vittorio Tutino – si riuniscono una volta alla settimana e stabiliscono come ripartire i fondi tra le famiglie dei detenuti, tolte le somme destinate agli studi legali. Per quella spietata esazione[11], va da sé, non c'è traccia di mugugno.

L'incendio del furgone è un avvertimento inequivocabile, eppure Cosa Nostra sente il bisogno di rendere piú esplicito il messaggio, di chiarire che è il parroco il destinatario vero, finale. Racconta Giuseppe Carini che un mattino si presenta in parrocchia uno sconosciuto, chiede del capocantiere, gli rispondono che non c'è, e quello: «Ci rici o parrinu ca idd'u sannu a cu s'annu a prisintari (dite al prete che loro sanno a chi devono presentarsi)».

Ambiguo avvertimento, ma di immediata, evidente minacciosità. *Loro* chi? Il parroco e l'imprenditore Balistreri? L'uno convocato a *presentarsi* per ragioni di sottomissione e l'altro per estorsione?

Il messaggio rimane misterioso, indecifrato. Ma è, appunto, un secondo, esplicito avvertimento.

9. *spara dritto*: accusa apertamente.
10. *triumvirato... pizzo*: un gruppo di tre persone che riscuote il pizzo (le tangenti) in modo sistematico e capillare.
11. *esazione*: riscossione.

Tempo perso, gli avvertimenti. Mercoledí 2 giugno padre Puglisi, accompagnato dai capi dell'Intercondominiale, ha un lungo colloquio con il caporedattore della sede siciliana della Rai, Nino Rizzo Nervo. Parroco e cittadini parlano del degrado di Brancaccio, raccontano la complicata partita per farsi ascoltare dalle autorità, chiedono attenzione.

Pochi giorni dopo una troupe del Tg3 si ferma davanti al Centro Padre Nostro. Il parroco accompagna giornalista e operatore in via Hazon, li fa entrare negli scantinati dove ogni sporco traffico è normale. Gli scantinati che potrebbero ospitare la scuola media. Occhi diffidenti scrutano quell'andirivieni. Suor Carolina ricorda l'ostilità di quegli sguardi: «I brancaccini si sentivano umiliati dall'interesse della stampa. Se appariva un articolo sul giornale, se il telegiornale dedicava un servizio al quartiere, si risentivano. Anche in parrocchia non tutti erano d'accordo su quella strategia. Il giorno che arrivò il Tg3 padre Puglisi ebbe una lite con Mario Renna, il ragioniere della parrocchia. Mentre la telecamera filmava, Renna se ne stava in disparte a guardare, infastidito, forse mormorava qualcosa tra sé. E padre Puglisi gli si scagliò contro: "Che hai da borbottare? Se hai qualcosa da dire, se hai qualcosa da rimproverare, perché non parli chiaro?"»

Nessuno parla chiaro a Brancaccio. Si mormora, si mugugna, si bofonchia, si borbotta, si sibila, si sussurra. Sorda, sotterranea, si propaga un'ostilità che è onore offeso, orgoglio malinteso, malriposta vergogna.

Un giorno suor Alda entra in un negozio della via Giafar e il commerciante le dice bruscamente: «È ora che il prete e la suora la smettano di farci fare brutta figura sui giornali, in televisione».

Spiega suor Carolina: «Quando venivano i giornalisti da fuori, la gente del quartiere spariva. Cosí loro intervistavano i volontari oppure noi suore. E quelli di Brancaccio non li vedevano di buon occhio, i volontari. Era forse un senso d'inferiorità, un dire: che cosa vogliono questi? che cos'hanno piú di noi? che cosa vengono a fare qui, che cosa vengono a insegnarci? La gente vedeva i volontari come un'invadenza, come un'offesa. E sotto sotto divampava il malumore. Si sentiva quest'insofferenza, ma nessuno ne parlava apertamente. Non c'era chiarezza nei discorsi, proteste aperte: si avvertiva come un bisbiglio. Quando arrivavano i giornalisti, la televisione, Rai3, scappavano tutti brontolando: ma che vogliono questi, siamo stanchi, lasciateci in pace! E appena un articolo, un servizio televisivo raccontava quel che non andava, si sentivano umiliati. Molti non sopportavano il Centro Padre Nostro: se tutto era cosí tranquillo a Brancaccio, dicevano, perché agitare le acque? Penso che padre Puglisi sapesse di questo molto piú di noi. Avvertiva che c'era qualcosa di losco ma andava avanti. Non aveva paura di niente».

Nonostante l'ostilità, il mugugno, il malessere, il Centro moltiplica le iniziative. Cominciano i seminari su maternità e paternità responsabile[1], sull'educazione dei figli. Per i bambini, per i ragazzi ci sono i corsi di disegno artistico, il teatro, le gite a San Martino delle Scale, nei boschi alle spalle di Palermo, per vedere gli alberi, la natura, per imparare che esiste un mondo oltre Brancaccio...

Giuseppe Carini racconta quei mesi come il tempo di un risveglio collettivo: «Al Centro l'affluenza era enorme. Era davvero un luogo per dare risposta ai bisogni reali della gente. Ti servivano i medicinali? Non dovevi piú andare dal presidente del consiglio di quartiere a pregarlo, a supplicarlo. Farmaci, pratiche, certificati, il Centro aiutava a procurarseli. Nel quartiere l'idea fissa era che per tutto bisognava chiedere favori, nessuna cosa era un diritto. Al Centro si mettevano le persone in condizione di sapere quali erano i loro diritti, di rivendicare la loro dignità. Gli si diceva: vieni, andiamoci insieme al consiglio di quartiere, tu hai diritto di ottenere questa cosa, non possono rifiutartelo. Cosí stava cambiando la mentalità. Paradossalmente s'incontrava piú difficoltà con il ceto medio: in quegli ambienti non tutti erano favorevoli al Centro Padre Nostro».

Anche Pino Martinez ricorda come ostilità e simpatia si scontrassero in correnti sotterranee. Anche lui aveva la sensazione che, nelle viscere del quartiere, oscuramente, e fra violenti contrasti, qualcosa stesse cambiando: «La domenica, all'orario delle

1. *su maternità e paternità responsabile*: sull'essere, fin dal concepimento, genitori responsabili e consapevoli.

messe, davanti alla parrocchia mettevamo il banchetto per firmare le petizioni[2]. Ne abbiamo fatte parecchie: per la scuola media, per gli spazi verdi, per avere il vigile di quartiere. Firmavano in tanti. E non c'era piú bisogno di rivolgersi al senatore Taldeitali, di andar dietro al consigliere X. Insomma, alla società di Brancaccio padre Puglisi proponeva nuovi riferimenti. Era un discorso che poteva portare lontano».

Per piccoli segni si annunciano i grandi cambiamenti. Si manifestano come eventi bizzarri, indecifrabili. Come stranezze. Racconta Gregorio Porcaro: «Una sera arriva in parrocchia un ragazzo di tredici-quattordici anni, mi sbatte sul tavolo un'autoradio, domanda: "Ora tu dimmi perché ho rubato questa radio". Ero sorpreso, gli faccio: "Ah, l'hai rubata! bravo! e vuoi sapere perché? vorrà dire che sei un ladro". Lui insisteva. Finché gli ho chiesto: "Ma perché me lo domandi?" Restò in silenzio. Io trovai le parole: "Allora te lo spiego io: me lo domandi perché sei pentito". Mai dare del pentito a un ragazzo di Brancaccio. S'irrigidí. E io dico: "Va bene, va bene, diciamo che provi rimorso". È finita che mi ha chiesto di restituirla. "Sí, – ho detto io, – ma solo se andiamo insieme a restituirla; dove l'hai presa?" Siamo andati alla stazione centrale, l'aveva rubata lí, da una macchina parcheggiata, sfondando il finestrino. Abbiamo aspettato il ritorno del proprietario, gli sono andato incontro, gli ho detto subito che ero un prete della parrocchia di San Gaetano, gli ho raccontato che cosa era successo e gli ho riconsegnato l'autoradio. Quello era sbalordito, senza parole. E il ragazzo ha tirato fuori dalla tasca una carta da 100 mila lire: "Per riparare il danno al finestrino", ha detto. Un ragazzo di tredici anni con 100 mila lire in tasca! La sera dopo mi vedo arrivare in parrocchia il derubato: voleva darmi il resto, la riparazione era costata meno».

2. *petizioni*: richieste allo Stato fatte per iscritto da un gruppo di cittadini.

Quando cominciò a parlare di morte? Quando, nei discorsi di quest'uomo sereno, sorridente, lieto di vivere, cominciò a insinuarsi il pensiero di poter essere ucciso? E come e quando questo pensiero si trasformò in un'idea costante, in un'ossessione capace di dar forma a ogni discorso? E quando e come decise che, se morte doveva essere, lui soltanto aveva il dovere di affrontarla, e far da scudo agli altri?

Cominciò come uno scherzo: una battuta da far scivolare nei discorsi quotidiani, come per renderli piú leggeri: «E che mi possono fare? Mi ammazzano? E quando mi ammazzano, che cosa hanno concluso?»

Gregorio Porcaro la ricorda come un ritornello. A lungo ha considerato quegli accenni alla morte un modo paradossale per sdrammatizzare, per tagliar corto con i dubbi, le esitazioni, ed erano, forse, un esorcismo[1]. «Io gli domandavo: "Padre Puglisi, ma se facciamo questo, rischiamo?" E lui, tranquillo: "E che ci possono fare? ci ammazzano?"»

Parla al plurale, il parroco. Ma è su di sé che decide di concentrare il fuoco, se fuoco dev'essere.

Ammazza davvero Cosa Nostra tra la primavera e l'estate del 1993. Organizza attentati, trasporta esplosivo su e giú per l'Italia, fa esplodere bombe, pianifica stragi. Il 14 maggio una bomba scoppia a Roma, in via Fauro, per colpire il giornalista Maurizio Costanzo: ventiquattro i feriti. Il 27 maggio, a Firenze, un'esplosione in via dei Georgofili: cinque morti, trentasette feriti. Bombe a Milano, il 27 luglio, in via Palestro: cinque morti, 12 feriti. Il 28 luglio, a Roma, gli attentati contro la basilica di San Giovanni in Laterano e la chiesa di San Giorgio al Velabro.

È un avvertimento: anche la Chiesa è un bersaglio.

1. *un esorcismo*: un modo per allontanare il pericolo.

È passato poco piú di un mese dalla marcia silenziosa in onore del giudice Falcone quando Cosa Nostra dà a Brancaccio un segnale inequivocabile d'intolleranza, un altolà: in una sola notte, alla stessa ora, nella stessa strada, bruciano le porte dei dirigenti del Comitato Intercondominiale, Giuseppe Guida, Pino Martinez e Mario Romano. Tutti e tre abitano in via Hazon, ma in palazzi diversi. Tutti e tre, il 29 giugno, tra l'una e le due della notte, si svegliano col fuoco alla porta.

Cosí racconta Giuseppe Guida al processo: «Era d'estate, si dormiva con le imposte alzate. Ho sentito puzza di benzina, non riuscivo a raccapezzarmi da dove venisse questa puzza. Mi sono affacciato al balcone, non c'era niente. Finché sono andato nella saletta, ho acceso la luce e ho visto una pozzanghera di benzina, la porta bruciata. Ho telefonato al 113. Tardavano a venire, ho ritelefonato, mi dicono: "Ma sí, lo sappiamo, signor Romano". E io dico: "Guardi che io non sono Romano". Ma allora ho capito: allora, ho pensato, sicuramente hanno bruciato la porta a Romano e allora, anche a Martinez. Gli ho telefonato, gli ho detto: "Pino, non avere paura, sono io, cosí e cosí, vai a controllare la porta"».

Pino Martinez va. Trova la porta bruciata, la apre, lo zerbino è accartocciato, la porta del vicino e quelle dei due ascensori sono annerite dal fumo, per terra c'è una bottiglia di plastica da due litri, puzza di benzina.

A casa di Romano, le fiamme sono arrivate fin nel corridoio.

C'è, sulla notte dei fuochi, anche il racconto diretto dell'attentatore, meglio: di uno degli uomini mandati a bruciare le porte dei capi dell'Intercondominiale. Il suo nome è Salvatore Grigoli. Sarà l'assassino di padre Puglisi.

Al processo dichiarerà: «Nello stesso complesso c'erano tre scale e in ogni scala c'era una porta da incendiare. Una al decimo piano, se non erro, una al settimo e una al quinto. Andammo io e lo Spatuzza insieme anche a Vito Federico e salimmo tutti e tre contemporaneamente, abbiamo dato tempo a colui che doveva arrivare al decimo piano di arrivare prima e abbiamo dato fuoco a queste porte e poi scendemmo tutti e tre contemporaneamente e andammo via».

È un'azione coordinata: perché sia chiaro che il messaggio è rivolto ai tre. L'ordine di compiere l'attentato viene impartito da Gaspare Spatuzza, uno dei colonnelli della cosca di Brancaccio, che partecipa personalmente all'azione, per sottolinearne l'importanza. Anche Spatuzza farà parte della squadra che andrà a uccidere il sacerdote. Nel racconto di Grigoli, l'ordine è nudo, laconico[2]: «Mi sono visto con Madre Natura, dobbiamo fare questa cosa qui», comunica Spatuzza. Madre Natura è uno dei soprannomi di Giuseppe Graviano. Un altro è *martidduzzu*, il piccolo martello.

Soldato ubbidiente, Grigoli è pronto a eseguire gli ordini, per concisi che siano. Prima, però, chiede conferma. La mafia è gerarchia, obbedienza, sottomissione. E il capo al quale Grigoli obbedisce non è Spatuzza, ma Antonino Mangano, un assicuratore del quartiere di Roccella, assai vicino a Brancaccio.

Mangano è un mafioso fra i piú vicini ai fratelli Graviano. È anche un politico, sia pure di seconda fila, democristiano, e con un suo bacino di consenso: è stato presidente del consiglio di quartiere di Settecannoli, immediatamente contiguo a Brancaccio.

Dunque il soldato Grigoli si rivolge al suo comandante, Mangano, per avere conferma dell'ordine: «Erano poche le cose che mi comunicavano gli altri, ma quelle poche cose prima ne parlavo con Nino Mangano, per dire: "Di questa cosa qui tu ne sei a conoscenza?" e lui mi diceva: "Sí, a posto, ci puoi andare"».

Cosí dev'essere accaduto anche per l'incendio delle porte, martedí 29 giugno.

La domenica successiva, il 4 luglio, padre Puglisi dedica l'intera omelia all'attentato. È un discorso a braccio. Chiunque l'abbia ascoltato, è rimasto colpito dal crescendo dei toni, dal coraggio della sfida. Ed ha avuto paura: paura per quel parroco troppo esposto, per quelle parole troppo chiare nella terra dei sussurri.

In assenza di una traccia scritta, ci si può affidare solo alle ricostruzioni. Il parroco comincia rivolgendosi agli attentatori e ai loro mandanti. «Vorrei capire, – dice, – quali sono i motivi che vi spingono a ostacolare chi sta lavorando per realizzare a Brancaccio una scuola media, un distretto sociosanitario, una società migliore per tutti i vostri figli».

Nel discorso il sacerdote s'infervora, il viso gli si arrossa, le orecchie fiammeggiano: «Parliamone, – invita, – discutiamone». Ammonisce: «Chi usa la violenza non è un uomo, chi si macchia di simili delitti somiglia alle bestie, chi usa questi mezzi per fare paura alla gente, non si può definire un uomo, ma un animale». Chiede ai mafiosi di uscire allo scoperto, di farsi avanti: «Vediamoci in piazza», propone. È una sfida contro la viltà di chi agisce nell'ombra, di notte.

L'omelia si chiude con un appello a tutti i cittadini del quartie-

2. *laconico*: secco, essenziale.

re: vadano a manifestare solidarietà alle tre vittime dell'attentato.

Pochi, troppo pochi, lo raccolgono. Padre Puglisi, finita la messa, si presenta per primo a casa dei minacciati. Pino Martinez lo ricorda accorato, sulle scale, mentre gli stringe la mano e dice: «Pino, il comitato non può finire». E per la prima volta pronuncia una frase che ripeterà poco prima di morire: «Io non ho moglie e figli; se mi ammazzano, non mi interessa».

L'omelia è di una forza dirompente. Per i mafiosi, insultante. Come bestie, come vigliacchi: cosí il parroco li ha indicati ai fedeli – e mai nessuno aveva osato tanto. Ma ha chiesto anche: presentatevi. Ha aggiunto: parliamo. Era un invito, se non una preghiera.

La mafia non ascolta, non raccoglie: nessuno risponde, nessuno si presenta, nessuno esce dal buio.

Già avanti nei suoi studi di medicina, in quei giorni Giuseppe Carini comincia a frequentare l'Istituto di Medicina Legale[3]. Don Puglisi gli dice: «Se dovesse succedermi qualcosa, ti prego di trattarmi bene: non mi lasciare solo». E intende: in obitorio.

Per alcune notti, dopo i fuochi alle porte, Martinez riceve misteriose telefonate. Il telefono squilla, una voce cavernosa di donna grida, chiede aiuto; in lontananza si sente il rauco borbottio di un uomo, un tintinnio di bicchieri. Macabre messinscene. Si alternano a telefonate mute. A sera la famiglia Martinez prende l'abitudine di staccare il telefono.

È un'estate di agguati e di presagi, di minacce, di segni cupi. Il 10 luglio, un sabato, alle 12,30, padre Puglisi fissa un appuntamento con il cardinale Salvatore Pappalardo. Vuole presentargli l'appena nata Confraternita di Brancaccio, perché impartisca ai confratelli la benedizione. È un incontro importante: nel gioco di simboli, cosí sottile a Palermo, serve a sancire che il parroco ha l'appoggio del cardinale, che non è solo: un oscuro parrino nel micidiale avamposto di Brancaccio. In un limpido rituale, l'incontro con il cardinale deve riconfermare pubblicamente il rapporto di fiducia tra Sua Eminenza e il parroco e cosí dare implicito sostegno alla battaglia di Puglisi per una confraternita che non sia strumento di potere.

3. *Medicina Legale*: ramo della medicina che si occupa di questioni legate ad aspetti giudiziari; compie per esempio perizie sulle vittime.

All'ora fissata, nell'atrio della Curia, si presenta un folto gruppo di persone. Pazientemente attendono la convocazione del cardinale. Passa il tempo, nessuno chiama. Finché il gruppo vede monsignor Pappalardo scendere, ma quasi in fuga: lo vede scivolare via, verso la macchina pronta a partire. Padre Puglisi lo ferma, gli ricorda l'appuntamento, gli chiede di dire qualcosa sulla confraternita. Il cardinale spende poche, rapide parole e se ne va. Delusi i presenti, il parroco in imbarazzo.

Ricostruisce Pino Martinez: «Il cardinale ci fece aspettare per ore, poi lo vedemmo andar via in fretta. Padre Puglisi lo inseguí: "Almeno due parole, Eminenza, due parole". Monsignor Pappalardo disse qualche parola frettolosa. Padre Puglisi ci rimase malissimo. Alla riunione successiva ci ritrovammo in quattro, forse cinque, non di piú».

Dovere di cronaca[4] vuole che si dica che il cardinale Pappalardo ha sempre negato d'avere per quel giorno un appuntamento con padre Puglisi. Dovere di cronaca vuole che si dica che padre Puglisi disse ai confratelli che il cardinale gli aveva fissato un appuntamento.

Il 19 luglio, nel primo anniversario della strage Borsellino, il parroco di Brancaccio partecipa a una manifestazione in piazza Magione, nel cuore del centro storico. Fra giornalisti e telecamere passa inosservato, ignoto. Nessuno gli bada. Non è uno dei sacerdoti sotto scorta, non è un cavaliere dell'Apocalisse antimafiosa[5]: solo un modesto parroco di periferia, la cui vita e opere sono ignote al grande circo mediatico, parossisticamente a caccia di personaggi.

Padre Nino Fasullo, redentorista[6], fondatore della rivista cattolica «Segno», lo ricorda preoccupato, consumato dall'ansia: «Mi disse che aveva problemi con la mafia, mi domandò se non avessi letto sul giornale degli attentati nella sua parrocchia. Aveva il coraggio trepido di chi è fedele a un impegno. Stabilimmo di incontrarci in settembre. Non l'ho piú rivisto».

Eppure, in quella torbida estate del 1993, mentre da Brancaccio gli uomini di Cosa Nostra partono in segreto per trasportare cariche esplosive e organizzare stragi tra Firenze e Roma, è nel quartiere che si svolge una delle manifestazioni piú belle, piú in-

4. *dovere di cronaca*: dovere del giornalista di informare il lettore riportando fedelmente gli avvenimenti.
5. *un cavaliere dell'Apocalisse antimafiosa*: che annuncia la fine del sistema mafioso.
6. *redentorista*: appartenente alla congregazione del Redentore.

tense, piú limpide contro la mafia: una festa per ricordare Paolo Borsellino. Ed è una festa mai vista: gare di ciclismo, corse a piedi per i bambini dai sette ai dodici anni, premiazioni in piazza. Don Puglisi deve aver riflettuto sui vuoti, le assenze nella marcia per Falcone: il defilarsi dei ragazzi di Brancaccio, il tirarsi indietro della gente. E silenziosamente, com'è nel suo costume, ha trovato un rimedio: chiamare in piazza i bambini. È un'intuizione felice. Perché stavolta non sono solo i volontari a presentarsi: trascinati dai piccoli, arrivano gli adulti, le famiglie.

Cosí, domenica 25 luglio, c'è davvero un quartiere per strada. E quel quartiere sfila davanti a uno striscione che grida: Brancaccio dice sí alla vita e no alla mafia.

Gregorio Porcaro: «Lo disegnò lui, padre Puglisi, quello striscione d'apertura. Stette fino alle due di notte con i ragazzi nell'Auditorium, dove ci eravamo trasferiti, nei locali del consiglio di quartiere. I ragazzi erano ammirati, sbalorditi: impressionati dal suo coraggio, dal suo entusiasmo».

Quella domenica, mentre i bambini di Brancaccio si scalmanano, intorno ai ragazzi del servizio d'ordine, ronzano in moto giovanotti minacciosi. Sibilano: «V'amu a dari 'na fraccata 'i lignati (vi dobbiamo dare un sacco di legnate)».

C'è un palco montato in piazza per la consegna dei premi. E a consegnarli sono Rita Borsellino, sorella del magistrato ucciso, i genitori del poliziotto Nino Agostino, assassinato, insieme con la moglie incinta, nell'agosto del 1989, in un agguato di mafia rimasto indecifrato.

Seduto su un muretto, padre Puglisi dà un'intervista a una giornalista del «Giornale di Sicilia», Delia Parrinello. Dice: «Lavoriamo da tre anni, ed è una battaglia senza risultati». Parla delle infinite anticamere che ha attraversato, delle «sale d'aspetto» in cui assessori e provveditore, sindaci e Usl confinano i drammi di Brancaccio. Fa l'elenco dei sindaci che ha incontrato: Domenico Lo Vasco, Aldo Rizzo, Manlio Orobello. Tre in tre anni. Il primo è un democristiano, il secondo un magistrato di sinistra che era stato vicesindaco al fianco di Leoluca Orlando negli anni della «primavera di Palermo», il terzo un socialista. Uomini diversi: per provenienza, storia, ideologia, ma il risultato è identico. Nulla.

È un lungo sfogo amaro che culmina in un appello quasi ingenuo: «Che i protagonisti delle intimidazioni tornino alla ragionevolezza, si affianchino a noi per chiedere alle istituzioni ciò che è indispensabile per la vita civile del quartiere». Bella scommessa, invitare la mafia alla resistenza civile. E senza farle alcuno sconto, senza alcuna richiesta di benevolenza. Padre Puglisi non arretra di un passo, non attenua l'intransigenza: «Chi usa la violenza non è un uomo. Chiediamo a chi ci ostacola di riappropriarsi dell'umanità».

C'è in quelle parole una sfida esplicita, dura: perché è sull'essere uomini – e uomini d'onore – che Cosa Nostra fonda il proprio prestigio.

La serata di festa si conclude nell'Auditorium. Suor Carolina ricorda: «Fu quella sera, ed eravamo tutti lí, le suore, la gente. Padre Puglisi tuonò dalla pedana dalla quale diceva la messa: "Siete bestie, lavorate nel buio; perché non venite avanti come tutte le persone civili? È troppo facile cosí! Se siete uomini, fatevi avanti".

Oh, fu molto forte quella sera! Gli dissi: "Padre Puglisi, ma non ha paura di parlare cosí?" Mi rispose: "Suor Carolina, che mi possono fare? Piú che togliermi la vita, che cosa mi possono fare?"

Non tollerava le ingiustizie, i soprusi, l'inganno: la mafiosità. Io credo che avesse capito fino in fondo il rischio che correva».

Il 26 luglio il «Giornale di Sicilia» pubblica l'intervista a tutta pagina, la intitola: *Brancaccio: attentati in serie contro la parrocchia antimafia*.

Le copie del quotidiano sono appena arrivate nelle edicole quando la vendetta si scatena: pronta, fulminea. È la ritorsione annunciata la sera stessa della marcia di *Brancaccio per la vita*. La vittima è un ragazzo che frequenta la parrocchia. Si chiama Antonino Lipari, gli amici lo chiamano Tony. Lavora nell'officina meccanica dello zio, in via Archirafi, vicino alla stazione centrale.

La sera del 25 luglio, mentre tornava a casa dalla festa, ha visto un gruppetto di persone sedute su un muretto, in via Hazon. Lo indicavano a dito. «È quello che deve scippare[7] bastonate, – ridevano ad alta voce, – insieme con tutti gli altri che hanno organizzato l'antimafia».

Lipari li ha guardati, li ha riconosciuti: li aveva appena visti nell'Auditorium di via San Ciro, durante il dibattito seguito alla marcia. Sono gli stessi che occupano abusivamente gli scantinati di via Hazon 18.

Il giorno dopo, mentre in motorino sta andando a comperare un pezzo di ricambio, Tony Lipari vede due ragazzi di quel gruppetto venirgli incontro in motocicletta. I due gli si affiancano, gli danno pugni, calci, cercano di farlo cadere, lo stringono contro il

7. *scippare*: (dialettale) ricevere.

muro, lo forzano ad andare a sbattere. Gli intimano di non frequentare piú la chiesa. «Sta' attento a quello che fai», lo minacciano. E gli affidano un messaggio: «Ricci o parrinu chi nn'avi a lassari travagghiari 'n paci (di' al prete che deve lasciarci lavorare in pace)». Lipari ha una busta di plastica piena di oggetti in metallo, la fa roteare in faccia ai due aggressori, riesce a fuggire.

Tornato a casa, racconta tutto a Giuseppe Carini, che ne parla a padre Puglisi. Il parroco chiede di incontrare Tony, lo rincuora, gli si rivolge con dolcezza: «Non avere paura» gli dice. E per la prima, unica volta, racconta che anche lui ha ricevuto minacce: per lettera, per telefono. Una confidenza sommessa. Al ragazzo spaventato, Puglisi assicura: «Prima o poi qualcosa cambierà».

Molto cambia, da quel giorno, per lui, per padre Puglisi. Ricorda Giuseppe Carini: «Rimase solo. Noi, ci teneva fuori. Anche con l'Intercondominiale, non voleva coinvolgerci. Quando picchiarono Tony, cominciammo a capire che la situazione stava degenerando. Ma io pensavo che, prima di ammazzarlo, potessero prima mandarlo all'ospedale, insomma dargli qualche avvertimento. E forse messaggi gliene avevano dati. Ma era inutile con questo parrino: era testa dura».

In *Cose di Cosa Nostra*[8] Giovanni Falcone ha scolpito una memorabile sentenza: «Si muore perché si è soli... Si muore spesso perché non si dispone delle necessarie alleanze, perché si è privi di sostegno. In Sicilia la mafia colpisce i servitori dello Stato che lo Stato non è riuscito a proteggere»[9]. Lo Stato. E non solo.

Quando Tony Lipari viene picchiato, Palermo è presidiata dall'esercito: i soldati dell'operazione *Vespri Siciliani*[10] vigilano i palazzi delle istituzioni, sorvegliano residenze a rischio. Le scorte tagliano in lungo e in largo la città. Sono scortati i magistrati, i poliziotti, gli immancabili politici. E i preti: i sacerdoti dell'antimafia, quelli dai quali i giornalisti corrono per ricevere l'ostia di una dichiarazione, di un'interpretazione.

Seimila sono i soldati dei *Vespri*. Non uno mette piede a Brancaccio.

8. *Cose di Cosa Nostra*: opera sulla mafia scritta dal magistrato Giovanni Falcone.
9. Giovanni Falcone – M. Padovani, *Cose di Cosa Nostra*, Rizzoli 1991, p. 171.
10. *operazione Vespri Siciliani*: In seguito agli attentati che uccidono i magistrati Falcone e Borsellino, il governo invia in Sicilia seimila soldati per controllare il territorio. Il nome dell'operazione (Vespri Siciliani) rimanda alla rivolta popolare contro gli Angioini avvenuta nel marzo del 1282.

In quell'estate del 1993 Giuseppe e Filippo Graviano sono lontani da Palermo. Prima sono andati in vacanza a Venezia. Si sono poi spostati in Versilia. Il 31 luglio Filippo Graviano risulta tra gli ospiti di un albergo a Forte dei Marmi, prende il sole con la fidanzata, Francesca Buttitta. E cerca casa per l'estate. La trova: con il fratello Giuseppe, anche lui accompagnato dalla fidanzata, Rosalia Galdi, prende in affitto una villa a due piani. Il prezzo è di 25 milioni per un mese. Per i due fratelli non è un problema.

Il maggiore, Benedetto Graviano, non è della compagnia. Non può: è in carcere in Calabria.

La vacanza toscana dei due ricchi giovanotti non è innocente. Secondo i magistrati, che hanno condannato i Graviano all'ergastolo, c'è una ragione per quegli apparenti ozi marini. E la ragione sono le stragi.

Mercoledí 4 agosto, alle nove e trenta del mattino, padre Puglisi e Pino Martinez incontrano il prefetto, Giorgio Musio. È la prima volta che vengono ricevuti in Prefettura. L'elenco delle richieste è sempre identico, come può cambiare se nessuno le esaudisce? Vogliono la scuola media, la palestra, la biblioteca. E ancora una volta, tocca parlare degli scantinati di via Hazon. Il parroco ne chiede ufficialmente la requisizione: per «ragioni di pubblica utilità», come la burocrazia prevede. È assai dubbio che non abbia capito che proprio in nome degli affari disturbati al numero 18 di via Hazon, i picchiatori della mafia hanno aggredito Tony Lipari intimandogli di girare al *parrino* l'ordine: *lasciateci lavorare*, rivendicando incontrollata libertà di traffici.

È piú probabile che quel presentarsi davanti al prefetto per chiedere fermamente, limpidamente la requisizione degli scantinati sia la risposta del parroco al pestaggio.

Ma un uomo che non ha paura, che non dimostra di avere paura, fa paura.

La scuola non l'avranno. Né la palestra. Né l'ambulatorio o la biblioteca. Ma piccoli segni di attività, minimi indizi di efficienza, davanti a un parroco che protesta, bisogna pur darli. Cosí negli scantinati di via Hazon arrivano, angeli vendicatori, i vigili urbani del Nopa, il Nucleo di polizia ambientale. E su quei locali vengono avviati cauti controlli prefettizi.

Di quei giorni Pino Martinez ricorda un particolare: per tre volte, con ansia crescente, padre Puglisi gli chiede di scrivere al capo dello Stato. Come nel luglio del 1992. Martinez prepara una lettera. Ma non c'è nessun funerale di Stato che possa agevolarne la consegna, nessuna ondata passeggera di emozioni collettive pronta a sospingere quel messaggio verso una riva.

Spedita al Quirinale per raccomandata, la lettera da Brancaccio non avrà mai risposta.

Per la prima metà di agosto padre Puglisi viene invitato a Cortona[1], presso l'Istituto delle Suore dei poveri di Santa Caterina da Siena. In sua assenza la parrocchia di San Gaetano è affidata al comparroco Porcaro:

«Mi telefonava ogni giorno, all'ora di pranzo, a casa di mia madre. "Come va?" domandava. A Brancaccio bisognava celebrare tutti i giorni la messa delle cinque, al pomeriggio. Mi raccomandava: "Gregorio, arriva alle quattro e mezza, dici la messa e vattene".

Io non capivo. Ma che ha, mi chiedevo. "Ma perché?" domandavo. Lui rispondeva: "È agosto, anche noi abbiamo diritto a riposare". Il giorno dopo richiamava, m'interrogava: "A che ora sei andato via ieri?" Gli spiegavo che ero rimasto un po' piú a lungo. Si spazientiva: "Gregorio, fammi questo favore, te ne devi andare subito. Mi devi fare arrabbiare?" mi diceva. E non me l'aveva detto mai.

Alla fine ubbidii. "Va bene, – gli risposi, – giuro che me ne vado subito". E si rasserenò. Ma al ritorno da Cortona era irriconoscibile. Aveva perso il sorriso. Mi domandavo: che cosa gli ho fatto? Ce lo chiedevamo tutti. Dopo la messa mi diceva: "Vattene a casa, vai, corri". E anche questo non me l'aveva detto mai».

Gregorio Porcaro non è l'unico a ricevere quei bruschi, insoliti inviti. A Fabio Di Giuseppe, a Enza Maria Mortillaro, una ragazza che frequenta il Centro diocesano vocazioni e lavora co-

1. *Cortona*: comune in provincia di Arezzo.

me volontaria a Brancaccio, a tutti i giovani che frequentano la parrocchia padre Puglisi raccomanda: «Non rimanete con me fino a tardi: andate a casa, andate a cena. Vostro padre, vostra madre che non vi vede arrivare, che cosa devono pensare... Andate, tanto io qui ce la faccio da solo».

Il 20 agosto, un venerdí, padre Puglisi ricorda nell'omelia l'attentato contro i capi dell'Intercondominiale. Si rivolge a chi lo ha ordinato. «Queste persone, – dice, – sono state battezzate in questa chiesa. Sono figli di questa chiesa». Insiste: «Le porte di questa chiesa sono aperte per voi, venite, io vi accolgo».

È come chiamare i Graviano per nome, pur senza pronunciarlo. Per il parroco, quel discorso, quell'invito sono l'esito di una lunga riflessione: il punto d'arrivo del solitario ragionare su mafia e mafiosi, peccato e peccatori, peccato da rigettare, peccatori da accogliere, da convertire.

Ma dall'altra parte? Nella lettura di Cosa Nostra, che cosa significano quelle parole? Già i ragazzi della Fuci fanno fatica a capire le riflessioni del parroco. Figurarsi i Graviano.

Quell'accenno al battesimo, scandito a voce alta dal pulpito, suona come una temibile chiamata. È come se il parroco dicesse: «So chi ha ordinato l'attentato, l'agguato. Con nome e cognome lo so. E a voi che l'avete ordinato, dico: venite». È l'invito di un uomo di fede che crede con tutto il cuore nella conversione dei peccatori. Ma suona come una sfida. Forse perfino come una minaccia.

Due giorni dopo, domenica 22 agosto, appare sul quotidiano «il manifesto» un breve articolo su Brancaccio. Lo firma Salvo Palazzolo, il ragazzo della Fuci diventato giornalista. Scrive senza perifrasi[2] che, nelle strade del quartiere, «secondo i pentiti, passeggia tranquillamente Pietro Aglieri»[3], l'uomo che nella primavera del 2002 sarà il portabandiera di una richiesta di trattativa fra Stato e Cosa Nostra, in nome della «dissociazione» dei mafiosi.

Figura nell'articolo una dichiarazione del parroco: «Da un po' di tempo certi personaggi di rispetto non si fanno piú vedere in chiesa». È la premessa a «un appello ai protagonisti delle intimidazioni: parliamone, spieghiamoci, vorrei conoscervi e conoscere i motivi che vi spingono a ostacolare chi tenta di educare i vostri bambini alla legalità, al rispetto reciproco, ai valori della cultura e dello studio».

2. *perifrasi*: giri di parole.
3. *Pietro Aglieri*: importante boss mafioso, arrestato nel 1997 e condannato all'ergastolo per la strage di Capaci in cui è morto Giovanni Falcone.

C'è una nota di dolorosa tensione e, in apparenza, qualcosa di eroicamente ingenuo in quegli insistiti appelli agli uomini di Cosa Nostra perché accettino di dialogare alla luce del giorno, perché spieghino le ragioni degli agguati, delle intimidazioni. E c'è come una bizzarra ironia nel fatto che l'ultimo di quegli appelli venga affidato dal parroco, «allergico ai partiti», alle pagine dell'ultimo giornale che, in quel 1993, continua a definirsi «quotidiano comunista».

Uomo prudente, don Puglisi non può non aver valutato l'uno e l'altro fatto: il tenore dell'appello, e il luogo in cui veniva pubblicato. Mentre l'esercito mafioso va sbandando, tra arresti tradimenti defezioni[4], ha pensato che valesse la pena di offrire ai padri la possibilità di mettere in salvo i figli, educandoli alla legalità? Secondo le cifre del ministero dell'Interno, nel solo 1993, dalla cattura di Totò Riina al 31 dicembre, ottantuno mafiosi sono stati arrestati. In cinquantasei hanno chiesto di collaborare con la giustizia. Nel novembre del 1992, tornato a sorpresa dagli Stati Uniti, Tommaso Buscetta aveva detto alla commissione parlamentare antimafia: «La mafia è alle corde. Colpite». Sembra che lo Stato l'abbia preso in parola. Per Cosa Nostra è una rotta[5] rovinosa.

Ma c'è, nella dichiarazione del parroco, quella frase inquietante: *Certi personaggi di rispetto non si fanno piú vedere in chiesa*. Nessuna ingenuità, nessuna reticenza: Puglisi sente chiudersi intorno a sé un cerchio d'isolamento. Capisce che lentamente, inesorabilmente sta camminando verso il centro del mirino. Sente che Cosa Nostra gli sta facendo il vuoto intorno, che sta costruendo la scena ideale per un'esecuzione. Lo dice. E nulla accade.

Distratte rassegne stampa accolgono quell'articolo, assonnati funzionari le mettono insieme. Che un latitante[6] di rilievo passeggi per Brancaccio sembra non importare a nessuno.

Ancora una volta neppure una recluta dei seimila soldati che presidiano la città viene inviata nel cupo deserto di Brancaccio: l'esercito si attesta di là dall'inviolabile frontiera dei passaggi a livello.

E allo sguardo di Cosa Nostra quell'indifferenza non sfugge: il parroco parla, e lo circonda il silenzio. La mafia vede: Puglisi è solo.

4. *defezioni*: abbandoni, tradimenti (in questo caso dell'organizzazione mafiosa).
5. *rotta*: sconfitta.
6. *latitante*: criminale che si nasconde o fugge per evitare l'arresto.

Pino Martinez racconta che, ai primi di settembre, di ritorno dalla riunione serale della confraternita – un deserto, un irridente[7] deserto – padre Puglisi insistette per accompagnarlo a casa. Arrivato al portone di via Hazon, si fermò per aspettare di vederlo entrare.

«Gli dissi: "Vada pure via, padre, non sono un ragazzino". Lui mi rispose: "Entra". E solo allora, quando chiusi il portone, andò via».

In quei primi giorni di settembre padre Puglisi arriva in chiesa con una ferita alle labbra.

Suor Carolina: «È successo di mattina, doveva dir messa, si è presentato in sacrestia col labbro spaccato, una palpebra rossa, un occhio tumefatto[8]. Sapevo che soffriva di pressione alta, pensai che avesse avuto un malore, che fosse caduto. "Che cosa è successo", gli domandai. Con apprensione. Rispose: "È stato un bacio di Gesú"».

Non baci: botte. Il parroco è stato picchiato. È andato da lui il padre di una ragazza che vuole sposarsi. La ragazza vive con il cugino, hanno avuto una bambina, un altro figlio è in arrivo. Il padre vuole che sua figlia, sposandosi in chiesa, vada all'altare con l'abito bianco e il velo. Padre Puglisi tenta di spiegare l'inopportunità di quel bianco, simbolo di verginità, di purezza. E viene aggredito, preso a schiaffi.

È un gesto inaudito picchiare un sacerdote, un parroco. È un avvertimento, l'ennesimo? È un modo feroce per intimidire un uomo che non è arretrato davanti alle minacce?

Padre Puglisi tace e sorride. Non denuncia, come mai ha denunciato le telefonate anonime, le lettere: il compito di un sacerdote – ha cercato di spiegarlo ai suoi ragazzi della Fuci, avranno capito? – è perdonare, non andare dalla polizia. Sul labbro spaccato, cambia versione piú di una volta, sempre scherzando. Dirà che la ferita è il segno di una *puntina*, un brufolo spremuto con troppa energia, il ricordo di un bacio di ragazza...

Giovedí 9 settembre, alle dieci di sera, padre Puglisi parla al telefono con Salvo Palazzolo. Per una volta il parroco, abituato a comunicazioni telegrafiche, conversa a lungo. È amareggiato: i lavori di restauro della chiesa di San Gaetano non sono ancora ulti-

7. *irridente*: che suona denigratorio, offensivo.
8. *tumefatto*: gonfio.

mati, è un segnale negativo, lascia presumere che la ditta si sia piegata a richieste di estorsione.

Conclude la telefonata con una frase perentoria: «Quest'altr'anno dovrete cercarvi un altro assistente spirituale». Palazzolo lo ascolta un po' sorpreso: «Sulle prime pensai che si riferisse ai suoi molti impegni. Ma lui in effetti non citò alcun altro impegno, alcun incarico. Disse solo quello, che avremmo dovuto cercarci un altro assistente».

È un presagio? O un modo per avvertire che la propria vita sta giungendo al termine?

Domenica 12 settembre il parroco avvisa riservatamente i capi del Comitato Intercondominiale d'aver ottenuto un incontro con il presidente della commissione parlamentare antimafia[9], Luciano Violante. L'incontro è fissato per il 22 settembre, quando Violante visiterà Palermo e inaugurerà alcune scuole, compreso un istituto tecnico industriale in viale dei Picciotti, a un passo dalla casa del parroco e da Brancaccio.

La visita è pubblica, ma il colloquio con il parroco è riservato. Padre Puglisi chiede che sia mantenuta la discrezione sulla notizia.

Quella domenica il parroco celebra messa, come avviene da mesi, nei locali di via San Ciro. Conclusa la celebrazione, si avvia verso la macchina. Vede subito che ha una ruota a terra. In tanti si offrono di cambiarla. Il parroco è cortese e sbrigativo: non ha tempo, deve scappare, può andare anche cosí. S'infila in macchina, mette in moto, va via di corsa. I parrocchiani lo osservano stupiti.

Dopo l'assassinio, un gommista avvertirà le suore che la ruota era stata bucata apposta: squarciata con un punteruolo.

Martedí 14 settembre va a dire messa a Boccadifalco, nella «Casa Madonna dell'Accoglienza» che ospita le ragazze madri. Sceglie per l'omelia un tema insolito: il sudar sangue di Cristo. È un'omelia sulla paura, pronunciata alla vigilia del delitto. Come per un presentimento.

Il giornalista Francesco Deliziosi ne ha raccolto il testo: «Quando abbiamo paura o proviamo una sensazione intensa di calore, scattano le contrazioni sotto la pelle. Là ci sono come del-

9. *commissione parlamentare antimafia*: commissione fondata nel 1962, costituita da deputati e senatori, che ha il compito di indagare sulla presenza della mafia nella vita pubblica e nella società.

le borsette piene che si svuotano e fanno uscire il sudore. Ma quando la contrazione è piú forte, perché la paura è diventata angoscia insopportabile, si rompono i capillari. Ecco perché si dice che Cristo sudò sangue... Sudò sangue per la paura umana del dolore che lo attendeva. E questo ce lo fa sentire ancora di piú come fratello. Da questo abbiamo conosciuto l'amore di Dio. Egli ha dato la sua vita per noi e anche noi dobbiamo dare la vita per i fratelli»[10].

Inquieta quel citare il martirio di Cristo alla vigilia della morte. Inquieta come una tremenda coincidenza, piú oscura e indecifrabile di un presagio. E inquieta perché perfino Cristo si è ribellato alla morte. Perfino Cristo, nella notte del sudar sangue, chiese che quel calice gli fosse risparmiato. Perfino Cristo in croce ha gridato al Padre: perché mi hai abbandonato?

Ma in silenzio padre Puglisi è andato incontro alla morte. Perché? Racconta Gregorio Porcaro che, il mattino dopo l'omicidio, andò vagando come un pazzo nel bosco della Ficuzza, sulle montagne alle spalle di Palermo. In un giorno d'estate, poche settimane prima di morire, padre Puglisi aveva voluto passeggiare con lui in quel bosco. Seduto su un tronco, guardandolo negli occhi, serio serio gli aveva domandato: «Gregorio, resterai tu a Brancaccio se io non dovessi esserci?»

E in quel bosco era tornato Gregorio, il giorno dopo, urlando al fantasma del parroco: perché non me l'hai detto? Troppo giovane per sapere che non si conosce un uomo per quel che dice, ma per quello che fa, per la prima volta, quel giorno, nel furore della disperazione Porcaro aveva trovato la forza di dare del tu al parroco. Per urlare quell'unica frase: perché non me lo hai detto?

E gliel'aveva detto invece. Con pudore, con discrezione, con tenerezza gli aveva domandato: «Resterai tu a Brancaccio, se io non dovessi esserci?» E Porcaro aveva capito che il parroco gli domandava: se dovessi assumere altri, piú alti incarichi, resterai tu fedele al nostro impegno? E gli chiedeva, invece: se dovessi morire, se dovessero uccidermi, avrai il coraggio di restare?

10. F. Deliziosi, *Don Giuseppe Puglisi* cit., pp. 29-30. L'episodio viene raccontato anche in un altro volume dello stesso autore: *Don Puglisi. Vita del prete palermitano ucciso dalla mafia*, Mondadori 2001.

Il 15 settembre era il giorno della sua nascita. Cinquantasei anni dopo sarà il giorno della sua morte. C'è in questo l'immagine di un destino, l'idea di un'esistenza racchiusa in un circolo. Fu un compleanno senza festa. Una qualunque giornata di lavoro. Segnata da una volontà severa, dal rifiuto di ogni festeggiamento, di ogni allegria. Come se per la sera della propria morte, padre Puglisi volesse la solitudine.

Allontanò il comparroco, per primo. Gregorio Porcaro doveva tenere un corso per preparare al battesimo un gruppo di genitori. «Lo farò io, – decise il parroco, – tu vai con i ragazzi». Porcaro racconta che, appunto con quei ragazzi, avevano pensato di organizzargli una sorpresa per i suoi cinquantasei anni, ma il parroco affidò loro un compito impegnativo: li incaricò di studiare il percorso per la visita di Luciano Violante, una settimana dopo.

Cosí Porcaro e i ragazzi se ne andarono in pizzeria, all'Aspra[1], a discutere fino a notte.

In tutta la giornata parroco e comparroco s'incontrano per un attimo. Porcaro resta colpito da un dettaglio: padre Puglisi indossa il clergyman[2]. È la prima volta, riflette, che lo vede vestito da prete.

Dovevano andare a trovarlo a casa due fidanzati prossimi alle nozze. Volevano arrivare alle nove di sera, portare un po' di focaccia, cenare insieme con semplicità. Il parroco telefona per rinviare l'incontro.

Il mattino del 15 settembre padre Puglisi va in Municipio. Insieme con i rappresentanti del Comitato Intercondominiale,

1. *all'Aspra*: località di mare tra Palermo e Bagheria.
2. *clergyman*: abito sacerdotale composto da giacca e pantaloni neri.

deve incontrare il vicecommissario straordinario, Mattei. Il giorno prima la medesima delegazione si è presentata per l'ennesima volta in Prefettura e per l'ennesima volta ha discusso, con una funzionaria, la sorte degli scantinati di via Hazon. Per l'ennesima volta padre Puglisi ne ha chiesto la requisizione.

In Municipio l'argomento è piú o meno lo stesso di sempre: i servizi a Brancaccio. Nella palazzina che ospita il consiglio di quartiere, ci sono alcuni locali abbandonati: se ne potrebbe ricavare una palestra, qualcosa di utile per i ragazzi del quartiere, per i bambini... Il vicecommissario dice che sí, si potrebbe, se il Comitato si assume l'onere delle spese...

Rosso in faccia, padre Puglisi interrompe il funzionario: «Su questo piano è inutile continuare a discutere».

All'uscita dal Municipio il parroco telefona a Mario Renna. Il ragioniere si è iscritto alla facoltà di Teologia. Quel giorno ha sostenuto l'esame di filosofia della conoscenza. Padre Puglisi s'informa dei risultati. L'esame è andato bene. Il parroco si congratula, poi chiede a Renna di raggiungerlo la sera a Brancaccio: vuole consegnargli 100 dollari e circa 1 600 000 lire, tutti soldi da versare nelle casse della parrocchia.

La sera, alle 19,15, il parroco arriva nei locali di via San Ciro. È in ritardo. Si fa avanti Renna. Il sacerdote è desolato: ha dimenticato di portare con sé i soldi (saranno ritrovati dopo l'assassinio nella casa di piazza Anita Garibaldi). Gli vanno incontro alcuni amici. Sono venuti per festeggiare il compleanno di don Pino. Ma non c'è tempo, non c'è piú tempo: il parroco si ritira con dodici coppie per la preparazione al battesimo.

Un'ora dopo, alle 20,15, va via dalla parrocchia. Si allontana in macchina. Dimentica d'aver promesso alle suore di passare dal Centro Padre Nostro per salutare la nuova madre superiora, suor Franca. Fiduciose, le religiose lo attendono. E nell'attesa guardano la televisione. Seguono una partita di calcio: coppa Uefa, Juventus contro Lokomotiv Mosca.

Fuori, nelle strade svuotate del quartiere, si aggira una banda di mafiosi. Hanno ricevuto da poco l'incarico di uccidere il parroco di Brancaccio. Si chiamano Luigi Giacalone, Salvatore Grigoli, Cosimo Lo Nigro, Gaspare Spatuzza. Sono quattro dei sette uomini che, in quella fine estate del 1993, compongono lo squadrone della morte agli ordini dei fratelli Graviano. Grigoli e Spatuzza hanno già bruciato le porte dei capi dell'Intercondominiale. E Spatuzza e Lo Nigro hanno fatto per mesi la spola tra Palermo, la Toscana e Roma per portare e piazzare l'esplosivo per le stragi.

Il personaggio principale della squadra è proprio Gaspare Spatuzza. Ne fornisce un ritratto indimenticabile, in una sola battuta, Giovanni Drago: «Ci ha portato tante persone da strangolare...» Maestro nell'adescare le vittime, Spatuzza è abile nel condurle in trappola senza sospetto. Testimonia ancora Drago: «Quando si doveva ammazzare qualche persona con il metodo della lupara bianca, era lui, Spatuzza, che li avvicinava e con una scusa li portava sul posto dove poi venivano strangolati».

Spatuzza è il caposquadra. Ma l'assassino designato è Grigoli. Non conosce la sua vittima. È il caso a offrirgliela in quella sera di settembre.

Quel girovagare in macchina dei quattro mafiosi è un giro di ricognizione. Il compito di Spatuzza è quello di indicare a Grigoli, soprannominato *il cacciatore*, la sua preda. Spatuzza conosce bene padre Puglisi. Abita in via Conte Federico, la strada che parte proprio dalla statua di San Gaetano, accanto alla chiesa. E frequenta la bottega di barbiere a un passo dalla parrocchia. È facile figurarsi Spatuzza che se ne va lungo la via Brancaccio, passando a testa alta davanti alla chiesetta di San Gaetano.

È latitante, Spatuzza. Ma a Brancaccio, questo non è un ostacolo.

Nella ricostruzione di Grigoli, lo squadrone della morte, in quella sera di settembre, mentre perfino le suore si chiudono in casa a guardare la partita, si aggira *schiffarato*, sfaccendato, per le deserte vie di Brancaccio. Tocca eseguire l'ordine di assassinio, ma come in una meticolosa istruttoria burocratica, bisogna prima che il killer prenda visione della vittima, ne studi le abitudini, decida il luogo e il tempo piú propizi per un agguato. È il caso a cambiare i programmi.

Perché per caso – racconta Grigoli – ecco la vittima spontaneamente, ingenuamente farsi incontro al carnefice.

Padre Puglisi appare di colpo davanti ai suoi assassini, accanto a una cabina del telefono. I quattro decidono di sfruttare l'insperato favore della sorte, corrono ad armarsi. Sanno dove abita il sacerdote, si precipitano in piazza Anita Garibaldi. Arrivano giusto in tempo per raggiungerlo sul portone di casa, mentre sta per entrare al numero 5 dell'anfiteatro di case popolari.

Raccontato dall'omicida, il delitto si svolge secondo una fatalità inesorabile. Come se la fortuna sedesse accanto agli assassini, e accordasse loro la sua benevolenza. «Quella sera, dopo la comunicazione che ebbimo di commettere questo omicidio... non è che eravamo andati per compiere l'omicidio, si stava vedendo un pochettino di vedere gli spostamenti e, di conseguenza, di farmi conoscere il prete, perché io fu la prima e l'ultima volta che vidi il prete, io non lo conoscevo... Lo incontrammo in una cabina telefonica nei pressi di San Gaetano a Brancaccio. Ora non mi ricordo se eravamo tutti assieme quando lo incontrammo, ma comunque eravamo con due macchine diverse; sí, eravamo tutti assieme: eravamo io e Giacalone e Spatuzza e Lo Nigro... Comunque lo avvistammo a San Gaetano, dove lui stava telefonando in una cabina, allorché si pensò di attuare subito il delitto. E se non ricordo male, andammo a prendere l'arma. Si trattava di una 7,65[3] munita di silenziatore. Quindi andammo a ricercarlo. Alla cabina non c'era piú, decidemmo di attenderlo sotto casa. Cosa che avvenne. Lui arrivò e io e Spatuzza siamo scesi dalle macchine...

Scese Spatuzza dalla macchina di Cosimo Lo Nigro, una Renault 5 verde metallizzata, perché Spatuzza era con Lo Nigro e io con Giacalone. Il primo ad arrivare fu lo Spatuzza, ricordo che il padre si stava accingendo ad aprire il portone di casa. Lo Spatuzza lo affiancò, il padre aveva un borsello, gli mise la mano nel borsello e gli disse: "Padre, questa è una rapina". Il padre neanche si era accorto di me... e il padre, fu una cosa questa qui che non posso dimenticare, perché ogni volta che penso a questo episodio mi viene in mente questa visione del padre che sorrise, non capii se fu un sorriso ironico o che altro... sorrise e gli disse allo Spatuzza: "Me l'aspettavo". Allorché io gli sparai un colpo alla nuca e il padre morí sul colpo senza neanche accorgersene di essere stato ucciso».

Compiuto l'assassinio, i quattro scappano. Fuggono nella zona industriale di Brancaccio, si chiudono in un capannone, nei locali della Valtras, ditta d'import-export[4] dove Spatuzza ha avuto un impiego come guardiano, aprono il borsello. Spatuzza fruga, afferra la patente, scolla le marche da bollo. È un latitante, gli servono per i documenti falsi. Grigoli dice che staccare le marche da bollo era per Spatuzza *una mania*. Nel borsello rubato c'è anche una lettera: è un biglietto di auguri al parroco per il compleanno. In piú 300 000 lire e alcuni pezzetti di carta, piccoli appunti di cose da fare.

3. *7,65*: pistola; l'unità di misura indica il diametro della canna.
4. *ditta d'import-export*: che importa ed esporta merci.

Nel deporre davanti ai giudici, Grigoli si preoccupa di rendere piú nobile quel furto infame, tramutandolo in un espediente che mira a un istantaneo depistaggio: «Vorrei premettere che il borsello fu portato via perché si voleva far credere agli inquirenti che l'omicidio era stato fatto da qualche tossicodipendente o da qualche rapinatore. Per questo fu utilizzata la 7,65, non un'arma consueta per gli omicidi di mafia».

La morte immediata è un falso. Quel 15 settembre l'agente di polizia Paolo Restivo, che abita al secondo piano del numero 3 di piazza Anita Garibaldi, è seduto a tavola per la cena con i familiari, sente «urla provenienti dall'esterno», si affaccia al balcone, vede un uomo disteso supino per terra, «parallelamente al portone d'ingresso del civico 5», accorre: il sacerdote gronda sangue dalla bocca e dal naso, è ancora in vita. Restivo avverte la questura, qualcun altro ha chiamato un'ambulanza. Molto ci dice dell'epoca, dei luoghi, di Palermo, che non si sia mai saputo chi abbia urlato, né chi abbia chiamato l'ambulanza.

Anche l'agente Paolo Restivo, che pure deve avere esperienza di agguati e di morti ammazzati, *sul momento aveva pensato a un infarto*. Alla volante 25, in servizio nella zona, la Centrale operativa della Questura ordina di dirigersi all'ospedale Buccheri La Ferla dov'era stata ricoverata una persona colta da malore. Ma appena arrivati in ospedale, gli agenti vengono avvertiti che non di malore si tratta: è stato un colpo di pistola. Si precipitano in piazza Anita Garibaldi, trovano un bossolo a terra. Nessuno ha sentito sparare, del resto l'assassino ha usato il silenziatore. Qualcuno dichiara d'aver udito il tonfo di un corpo che cade; poi, distanziate, le urla. Nessuno ha visto macchine o motociclette fuggire.

Gli assassini vanno via silenziosi, lasciano don Puglisi per terra, a trenta o quaranta centimetri dall'ingresso. Ha in mano le chiavi di casa.

È una breve agonia: secondo i referti medici, la morte avviene alle 20,45, la causa: arresto cardio-circolatorio a seguito di lesioni cranio-encefaliche da arma da fuoco.

Grigoli ha sparato stando alle spalle del sacerdote, leggermente spostato a sinistra. Quest'angolazione gli ha permesso di veder balenare il sorriso della vittima.

Del racconto dell'assassino, un dettaglio colpisce: che Grigoli chiami il parroco sempre, irresistibilmente *padre*.

Perché uccidere il parroco di Brancaccio? Nelle testimonianze dei mafiosi diventati collaboratori di giustizia, il delitto diventa occasione di vanto o di timore, piú spesso di perplessità. Le ragioni si moltiplicano: è l'odio per «l'antimafia», il terrore di perdere il consenso, la paura di vedersi sottrarre i ragazzi, i bambini. Perversa riaffermazione di potere, feroce rivendicazione di un prestigio affievolito.

Sui mandanti, nessuno dei collaboratori ha dubbi: sono i fratelli Graviano, i dittatori di Brancaccio. Ma l'ordine, a voler credere all'assassino, viene impartito da Antonino Mangano. È lui a rivendicare il potere di vita e di morte sul quartiere. I suoi lo chiamano *u Signuri*, il Signore.

Giovanni Ciaramitaro, rapinatore di Tir, mafioso dell'ultim'ora, arruolato nel 1993 per estorcere il pizzo, incendiare negozi, anche per strangolare, attribuisce a Mangano «il potere di salvare le persone e poterle ammazzare: bastava una parola di Nino Mangano per morire o per campare una persona»[1].

Dovette esserci una discussione sul metodo migliore per assassinare il sacerdote. Pietro Romeo, anche lui rapinatore, specializzato nella caccia e nel saccheggio dei Tir, che nel gruppo di fuoco di Brancaccio aveva un amico fidato, Francesco Giuliano, e ne ha raccolto le confidenze, riferisce che la prima idea era stata quella di uccidere il parroco simulando un incidente stradale. Ma quando Grigoli e Spatuzza avevano incontrato padre Puglisi per caso, in mezzo alla strada, erano corsi ad armarsi per eseguire velocemente il mandato. Di una possibile morte accidentale, l'assassino non parla.

È ancora Romeo a suggerire il dubbio che la scelta dell'arma usata per l'omicidio sia stata condizionata non da una volontà di

1. *per morire o per campare una persona*: per far morire o lasciar vivere una persona.

depistaggio[2] (la 7,65 non è arma abituale per gli assassini di mafia), ma da una paradossale logica di rispetto. In una deposizione, il collaboratore sostiene che il gruppo di fuoco soleva usare armi piú devastanti: fucili o 357 Magnum, pistole calibro 38 o calibro 9. Ma *la 357 frantuma una persona*[3]. E don Pino *era comunque un sacerdote*. Dunque, è per salvarne l'integrità che Grigoli gli spara con un'arma di minor potenza.

Ma perché uccidere il parroco? Romeo barcolla: «... lui si prendeva i bambini e per non farli cadere, diciamo, a farli diventare persone che rubano, che vanno in carcere... per non darli, diciamo, nelle mani alla mafia...»

C'è dunque una contesa, inespressa ma furibonda, tra parroco e mafiosi sull'anima dei bambini. Brancaccio è terra di reclutamento, vivaio, serra nella quale Cosa Nostra seleziona e alleva le nuove generazioni. Da lí, per tradizione, vengono i killer piú abili dell'organizzazione. Una crisi di consenso tra i bambini, i ragazzi, è una ferita impensabile, inaccettabile.

La preoccupazione per la sottrazione dei bambini, dell'anima dei bambini, affiora in altre testimonianze di collaboratori. Ne parla anche Antonio *Toni* Calvaruso, che dal 1993 all'estate del 1995 vive fianco a fianco con Leoluca Bagarella, il cognato di Riina, che ha acquisito, dopo la cattura del capo, una posizione di comando in Cosa Nostra. All'inizio Calvaruso è stato il vivandiere di Bagarella, con il compito delicato di procurargli il cibo, poi ne è diventato l'autista e il guardaspalle, infine è stato promosso al rango di killer. Fino alla cattura, il 24 giugno del 1995.

Calvaruso è stato in cella con Luigi Giacalone, *Barbanera*. A Rebibbia[4], nel braccio G12, ne ha ascoltato le confidenze, ne ha condiviso le preoccupazioni.

Giacalone, un piccolo commerciante, proprietario di un autosalone nella zona industriale di Brancaccio, ha guidato una delle due macchine usate per l'agguato a padre Puglisi. Al suo compagno di cella, a Rebibbia, racconta d'aver partecipato a quella spedizione, ma insiste nel definirsi un semplice spettatore. E spettatore critico, consapevole delle *gravi conseguenze* che a quell'omicidio potevano seguire. Tuttavia, confida Giacalone, *non si era potuto tirare indietro* perché l'ordine veniva dai fratelli Graviano.

2. *di depistaggio*: di mettere su una falsa pista, di sviare.
3. *frantuma una persona*: ne devasta il corpo.
4. *Rebibbia*: carcere romano.

È uno sguardo dall'interno del mondo mafioso, che svela un universo governato dall'eterno lamento italico, *abbiamo le mani legate*[5]. La testimonianza di un modesto impiegato di Cosa Nostra, chiamato ad eseguire senza discutere gli ordini del capo. A testa bassa.

Da autista del boss, Calvaruso conosce l'opinione che di quel delitto manifestava Bagarella: «Aveva con lui commentato negativamente la vicenda, sottolineando che era un problema che riguardava i fratelli Graviano, i quali avevano la testa sempre alle donne e avevano sbagliato nel non prendere prima le loro contromisure, consentendo al sacerdote di diventare un personaggio. La sua uccisione aveva destato notevole scalpore e dato maggiore impulso alla lotta contro la mafia. In altre parole, secondo Bagarella, dovevano pensarci prima, in modo che non si sollevava tutto questo polverone che si sollevò poi effettivamente, dopo che padre Pino Puglisi era diventato un personaggio notevole».

Dalle conversazioni con Giacalone e con Bagarella soprattutto, Calvaruso si fa un'idea delle ragioni che hanno portato all'assassinio. La prima è che padre Puglisi era contrario alla mafia, *un motivo già valido*.

Secondo l'autista, è l'astio di Bagarella a costringere i Graviano a ordinare l'esecuzione del parroco di Brancaccio. È un gioco di specchi: Bagarella si dichiara contrario all'omicidio, ma in realtà l'ha ispirato, rimproverando ai Graviano un eccesso di debolezza, la colpevole indifferenza di fronte al crescere del carisma del parroco. Testimonia ancora il suo autista: Bagarella «ne aveva per tutti, criticava i Graviano nel senso che c'era questo prete nel loro territorio, che faceva questi discorsi, che faceva le manifestazioni contro la mafia, che prendeva questi bambini cercando di dire loro "non mettetevi con i mafiosi" e comunque operava per cercare di levare la gente dalle mani mafiose; per il Bagarella questo era uno smacco nei confronti dei Graviano, che avevano un personaggio di questo spessore che continuava ad adoperarsi contro la mafia e loro praticamente lo ignoravano. Quindi i Graviano furono pure costretti a dare una risposta anche al Bagarella: che loro non si sarebbero fatti mortificare da un prete».

Padre Puglisi non ha sbagliato nel chiamarli animali: c'è qualcosa di animalesco nel fiuto col quale i mafiosi capiscono che stanno perdendo potere, prestigio. Che è in gioco il primato nel quar-

5. *abbiamo le mani legate*: siamo impotenti, non possiamo dire di no.

tiere. Agli occhi di Cosa Nostra il parroco è un contropotere minaccioso, un rivale temibile: ha fascino, ha carisma, ha un seguito. I Graviano temono di perdere il controllo.

Colpisce, nel racconto di Calvaruso, la qualifica di *personaggio* data a un uomo schivo come padre Puglisi. Come se sotterraneo, inespresso, inesprimibile, corresse un filo d'invidia per un piccolo parroco che senza l'aiuto del terrore, senza la forza brutale delle pistole, è riuscito a ottenere rispetto, stima, considerazione. A essere un uomo che cammina a testa alta.

Di fatto, a tanti il delitto appare una bestialità. Perfino al presidente del consiglio di quartiere, Cilluffo. Tullio Cannella, il ragioniere diventato imprenditore col favore di Cosa Nostra, lo descrive mentre – tre mesi dopo il delitto, nel dicembre 1993 – scuote gravemente la testa e borbotta: «Questa fissaría[6], però, non ci voleva, perché è una cosa che c'è sempre un subbuglio qua. Non è che fu tanto bello. Potevano evitare».

La *fissaría*, spiega Cannella, è stato l'assassinio del parroco e i soggetti che potevano evitarlo, va da sé, sono i fratelli Graviano.

Dopo Calvaruso, anche Cannella conferma la disapprovazione di Leoluca Bagarella nei confronti dei Graviano, le perplessità del capomafia sull'assassinio del parroco.

Cannella ricorda un colloquio faccia a faccia con il cognato di Riina. Avviene nel 1994: in gennaio, Giuseppe e Filippo Graviano sono stati arrestati. Cannella commenta con Bagarella: «Certo che sono nei guai i ragazzi... per questa morte di padre Puglisi». La risposta del capomafia è irosa: «Bagarella mi disse testualmente: "Chi ci pozzu fari io? Iddi – si riferiva ai fratelli Graviano – che avevanu u fattu, che stu parrinu si tirava i picciotti cu iddu, faceva stu dannu, predicava tutta arnata (avevano il fatto che questo prete si tirava i ragazzi, faceva questo danno, predicava a tutto spiano)..." E Bagarella mi disse: "Ma comunque io non mi interessa niente, non c'entro niente. Né ci dissi sí né ci dissi no. Iddi su a so' casa, iddi decidiero e sa virunu iddi. A mia un mi intieressa... (sono a casa loro, loro hanno deciso e se la vedono loro. A me non interessa)"».

Sono voci dall'interno della criminalità organizzata. Contraddittorie, a volte. Ecco Antonio Scarano, basista[7] di Cosa Nostra a Roma, ma non affiliato alla mafia, assassino per caso, che incontra

6. *fissaría*: (dialettale) stupidaggine.
7. *basista*: chi fornisce indicazioni e aiuti per realizzare un crimine.

Luigi Giacalone e lo rimprovera per avergli abbandonato in custodia per venti giorni di fila una macchina imbottita di esplosivo nel quartiere della Rustica (doveva servire per un clamoroso attentato allo stadio Olimpico, poi fallito).

Scarano racconta che, per giustificarsi, Giacalone dice d'essere stato impegnato nell'assassinio di padre Puglisi.

«Eravamo in tre, – riferisce Giacalone, – io, Nino Mangano e Spatuzza». Completa Scarano: «E facevano quasi una lotta per chi doveva scendere per primo a sparare: ognuno di loro, tutti e tre volevano sparare».

È un racconto molto diverso da quello che Grigoli ha fornito ai magistrati: nella composizione dell'equipaggio della morte, magicamente il vero assassino scompare. È Scarano a ricordare male? È Giacalone che sceneggia l'agguato come meglio gli conviene per farsi bello – e includere al proprio fianco Mangano, il nuovo dittatore di Brancaccio, mostrando di goderne la benevolenza? Di tutto il racconto, quel che piú impressiona è l'idea dei tre assassini in lotta per aggiudicarsi il diritto di uccidere un uomo disarmato. Dettaglio di orribile perfezione: una gara spietata per aggiudicarsi, come trofeo, la vita di un sacerdote.

Sulle ragioni del delitto, Scarano dice di aver avuto da Giacalone un'informazione scarna ma a suo modo esauriente: padre Puglisi *rompeva troppo le scatole, chiamava dei giovani anche... e faceva l'antimafia*.

Sono in tanti a parlarne. Come se l'assassinio del parroco di Brancaccio avesse riempito le chiacchiere dei mafiosi. Giovanni Ciaramitaro riferisce che il suo amico Francesco Giuliano gli ha raccontato che, a uccidere il parroco, sono stati Spatuzza e Grigoli. E Giuliano si è dichiarato piú che perplesso sull'esecuzione: il delitto aveva smosso troppo le acque, impedito gli affari, congelato i business mafiosi. A Giuliano, Ciaramitaro attribuisce un'opinione maligna su Grigoli: «aveva sparato per dimostrare a Giuseppe Graviano che aveva tanto coraggio da far fuoco anche contro un sacerdote, senza problema...»

Nel racconto di quelli che furono i suoi amici, i complici del gruppo di fuoco, l'assassino appare fiero del delitto compiuto, orribilmente orgoglioso d'aver puntato la canna di una pistola contro la nuca di un sacerdote. Ciaramitaro ricorda un pomeriggio in un magazzino di via Messina Montagne, la vecchia strada che dal centro di Villabate corre verso corso dei Mille. Tutto il gruppo di fuoco è riunito, stanno per andare a commettere un duplice omicidio: «... in quel periodo ci stava Grigoli, mi ricordo che allora era zoppo, aveva un piede rotto, l'aveva fasciato e non lo metteva per terra. È entrato nel magazzino dove c'era l'ufficio, dove c'erano tutte le borse piene di armi, dove c'erano i fucili, i mitra, tutti gli attrezzi di lavoro diciamo, e stavamo tutti lí dentro in quell'ufficio... Grigoli si è abbassato nella borsa prendendo la 7,65 e poi un silenziatore, gli ha montato il silenziatore e ha detto la frase "Chi vuole essere benedetto come don Pino Puglisi", cosí ho capito che era stato lui materialmente a spararci...»

Verità e menzogna, vanterie e inganni si impastano in una strana mistura. In un'altra giornata, nel solito magazzino di via Messina Montagne, armeria e deposito, luogo di strangolamenti, rifugio tranquillo dove trovare riparo dopo gli assassinii, Ciaramitaro viene chiamato a occuparsi di una motocicletta. «Ci stava una Transalp Honda lí dentro, che Giuliano non gli metteva piú in moto quella motocicletta. Mi è venuto a chiamare per vedere perché non partiva e c'era la batteria guasta. Abbiamo comprato la batteria, l'abbiamo sostituita. Mentre io montavo alla fine la motocicletta, il Giuliano mi ha detto: "Puliscila bene perché c'è morto il parrino con questa motocicletta"...»

Non c'è traccia di una motocicletta nella ricostruzione ufficiale dell'assassinio di padre Puglisi, accolta dalle sentenze di condanna. Eppure Ciaramitaro dichiara di aver saputo da Giuliano che la motocicletta era stato il mezzo usato per l'assassinio da Gaspare Spatuzza e Salvatore Grigoli: Spatuzza guidava e Grigoli aveva sparato.

L'immagine del killer azzoppato che Ciaramitaro ricorda torna nel racconto di un altro collaboratore di giustizia, Pasquale Di Filippo.

Per quasi un anno Di Filippo abita con l'assassino di padre Puglisi. Dalla fine del 1994 al giugno del 1995 i due mafiosi condividono un villino a Misilmeri, un paese alle porte di Palermo. Grigoli, nel commettere un omicidio, ha ricevuto una fucilata al piede. Di Filippo ha l'incarico di curarlo e di accudirlo. Il ferito si fida di lui, sa che è parente di Leoluca Bagarella e che ha la facoltà di incontrarlo direttamente, gli basta per fidarsi e confidarsi.

Ricostruisce Di Filippo: «Il discorso di padre Puglisi è nato cosí: innanzi tutto lui (Grigoli) molto spesso, siccome di questo omicidio se ne è parlato molto nei giornali, ogni tanto quando si parlava nei giornali di questo omicidio lui mi diceva "Ecco, vedi, questi sono gli omicidi che ti dànno soddisfazione"».

Salvatore Grigoli ha ventotto anni quando spara quell'unica pallottola nella nuca del sacerdote. È già un assassino di provata abilità; per questo i soldati di Cosa Nostra hanno scelto per lui il soprannome di *Cacciatore*.

Non è un mafioso, nel senso, almeno, che non è mai stato affiliato a Cosa Nostra con l'ordinario rito di iniziazione, benché aspirasse ad esserlo. Nel suo album di famiglia figura un cognato poliziotto – e questo può ben essere stato un ostacolo all'affiliazione. Ma la sua condizione è di grande rilievo, tanto che viene ammesso a incontrare i capi mafiosi: Bagarella, Matteo Messina Denaro, Rodolfo Virga. Grigoli apprezza la familiarità dei capi, gli sembra una manifestazione di riguardo, un segno di prestigio.

È nato a Brancaccio, in via Giafar. Non è stato allevato per diventare un soldato dell'esercito mafioso. Ha cominciato giovanissimo a lavorare come commerciante: prima un negozio di articoli sportivi in corso dei Mille, poi un autosalone. Gli affari sono andati male. Rimasto senza lavoro, Grigoli ha rapinato una gioielleria, «Per sfamare mio figlio di nove mesi», dice. È un uomo umiliato, sbandato quando Cosa Nostra lo chiama, e gli consente di tornare a camminare a testa alta.

Ha ventun anni quando viene avvicinato da Filippo Quartararo e da Antonino Mangano, che sarà poi il suo comandante. L'*avvicinamento* risale al 1986. È quella prima rapina a provocare la scintilla dell'interesse dei due mafiosi per quel ragazzo. Grigoli se ne compiace. Durante la deposizione ai magistrati racconta con una sorta di impacciata soddisfazione che Quartararo e Mangano «mi osservavano, ero uno, non so, uno in gamba, qualcosa del genere. Quindi ci fu questa sorta di avvicinamento. Cominciai a delinquere per loro, a bruciare autovetture, negozi. Poi mi fu presentato Giuseppe Graviano...»

La presentazione del giovane delinquente a uno dei dittatori di Brancaccio è una perfetta sceneggiatura di orgoglio mafioso.

Grigoli arriva all'appuntamento accompagnato da Nino Mangano, che evidentemente garantisce per lui. Non sa esattamente chi dovrà incontrare. Mangano si è limitato a dirgli: «Ci sono persone che ti vogliono conoscere».

Le *persone* si rivelano in realtà un uomo solo. Il capo mafioso di Brancaccio si presenta: «Io sono Giuseppe Graviano, credo che tu hai sentito parlare di me come io ho già sentito parlare di te».

Questo è tutto. Decifra Grigoli: «Da allora ho capito che dipendevo da lui».

Cosa Nostra lo tiene in osservazione per tre anni prima di affidargli l'incarico di commettere un omicidio. Nel frattempo Grigoli ha compiuto con diligenza la gavetta mafiosa: spedito qua e là a incendiare macchine, negozi. Gli attentati sono una prova di carattere, di abilità, di ubbidienza, di efficienza. Il premio è, appunto, l'ordine – o forse, piú propriamente, il permesso – di ammazzare un uomo. Grigoli lo fa per la prima volta nel 1989, ha ventiquattro anni.

Nella sua carriera di assassino gli capiterà anche di andare a uccidere in compagnia di Benedetto Graviano, il maggiore dei fratelli. Gliene resterà il ricordo di un uomo senza importanza, un semplice esecutore di delitti.

Il capo militare, per Grigoli, è uno solo, Giuseppe Graviano. Ma è Mangano l'ufficiale di collegamento, incaricato di trasmettergli gli ordini del capo. *U Signuri* adotta una formula standard, laconica: «I picciotti vogliono che si fa questo omicidio».

C'è almeno un'occasione, però, in cui è lo stesso Giuseppe Graviano a rivolgersi a Grigoli per impartirgli un comando. Accade nel novembre 1993. Bisogna ordinare il sequestro del piccolo Giuseppe Di Matteo, figlio dodicenne del mafioso Santo Di Matteo, l'uomo che sa troppo sulla strage di Capaci, diventato collaboratore di giustizia. Il bambino farà una fine atroce: tenuto per due anni in prigionia, scheletrito, ridotto a una larva, è infine ucciso e disciolto nell'acido.

Grigoli ha raccontato come gli venne impartito l'ordine di sequestrarlo: un discorso tortuoso, in un oscuro linguaggio burocratico che culmina in una sintassi sgangherata: «Per entrare in questo discorso Giuseppe Graviano girò talmente tanto, tipo che era quasi dispiaciuto di dovere fare questa cosa. Insomma mi ha fatto tutto un raggiro per dirci poi: "Dobbiamo sequestrare... siccome già a Napoli è stata effettuata una cosa del genere con esiti positivi – dice. – Dobbiamo sequestrare il figlio di un pentito per tenerlo alcuni giorni, quindi fare in modo che il padre ritrattasse o perlomeno anche si impiccasse"».

L'assassinio di padre Puglisi è uno spartiacque nella vita dell'assassino e non solo nella sua. Sostiene Grigoli che sul gruppo che aveva ordinato e compiuto l'omicidio pesava «una sorta di maledizione... dicevamo che, da quando abbiamo commesso il delitto di padre Puglisi, non ci andava piú bene nulla».

Uno dopo l'altro, tutti finiscono in trappola. I primi sono i fratelli Filippo e Giuseppe Graviano, catturati mentre cenano con le fidanzate in un ristorante milanese, *Il cacciatore*. Uno scherzo bizzarro del destino ha fatto sí che il nome del locale in cui vengono arrestati coincida con il soprannome che, nel gruppo di fuoco di Cosa Nostra, designa l'assassino del parroco.

Gli altri, i subordinati, i semplici soldati e i sottufficiali della cosca, finiscono in carcere e cominciano a collaborare. È un lungo elenco di nomi, di defezioni. Comprende i fratelli Emanuele e Pasquale Di Filippo, Antonino Calvaruso, Giovanni Ciaramitaro, Pietro Romeo, Pietro Carra, Antonino Scarano, Agostino Trombetta.

La prima sentenza di condanna per l'omicidio del sacerdote di Brancaccio li definisce «una generazione di arrampicatori criminali, aspiranti mafiosi delusi che non hanno prestato rituale giuramento... attirati nell'universo mafioso dal miraggio di acquisire uno status di considerazione sociale, di rispetto, di promozione economica».

Gente che si è arruolata nelle fila della mafia – e quasi tutti in quel fatidico 1993 – per avere, insieme, l'impiego e il prestigio. E che, finita in carcere, perso lo stipendio, si è precipitata ad acquisire un nuovo salario dallo Stato.

Pietro Romeo, palermitano di Brancaccio, rapinatore di Tir, comincia a collaborare la sera stessa dell'arresto (14 novembre 1995). Racconta ai magistrati una sorta di carriera al contrario, la delusione di un aspirante mafioso che sperimenta la vita di un travet[1] del crimine. Da rapinatore, Romeo non aveva problemi economici; dopo essere entrato nel gruppo di fuoco, a poco a poco non aveva piú visto una lira.

Con lo scrupolo di un contabile, Romeo ricostruisce tutti i pagamenti dell'azienda-mafia: una volta un milione e mezzo, poi

1. *travet*: impiegatuccio mal pagato; il nome deriva dal protagonista di una commedia piemontese.

dieci milioni, un altro milione e mezzo, forse due, poi basta. Dopo l'arresto, si lamenta, s'era ritrovato in bolletta, la famiglia non aveva neppure i soldi per andarlo a trovare in carcere.

Giovanni Ciaramitaro, specializzato nel furto di macchine da usare per gli omicidi, è un altro degli arruolati del 1993. Con Cosa Nostra, si lagna, ci ha rimesso pure i soldi della benzina per gli attentati.

Il suo è un lamento esemplare sulla servitú mafiosa: «Io prima di entrare a far parte di Cosa Nostra rubavo per i fatti miei, rapinavo per i fatti miei e stavo meglio a parte che ora avevo a che fare con persone che uccidevano... poi quando ho fatto parte di Cosa Nostra facevo una vita da schiavo perché dovevo fare quello che dicevano loro, non potevo fare piú una cosa per conto mio perché prima dovevo dirlo a loro. Perciò, alla fine, quando mi hanno arrestato, mi sono fatto bene i conti e mi sono detto: io mi devo fare 20-30 anni di carcere per quale motivo non ci ho guadagnato niente anzi ci ho rimesso perché prima avevano promesso che si stava bene, soldi, appartamento, questo, quello, invece non ci ho visto proprio niente, anzi ci rimettevo pure i soldi quando andavo a incendiare un negozio, la benzina la compravo di tasca mia, tutte le sere 50-100 mila lire di benzina...»

Quanti attentati, quanti fuochi accendeva ogni sera il soldato semplice Ciaramitaro per bruciare in ricatto tante banconote?

Anche Grigoli resta a corto di denaro. E si riempie di risentimento. Da soldato fedele, obbediente, si aspettava di essere trattato da uomo di rispetto nella cosca di Brancaccio. Ma dopo la cattura dei fratelli Graviano, il nuovo capo mandamento, Gaspare Spatuzza, non gli consente di vivere una latitanza agiata.

Spatuzza è offeso con Grigoli. Gli rimprovera – senza mai dirlo esplicitamente – le confidenze fatte a Pasquale Di Filippo sull'assassinio di padre Puglisi. Perché non solo Grigoli si è incautamente dichiarato l'esecutore del delitto, ma ha indicato in Spatuzza un compagno e un complice. Imperdonabile indiscrezione, strappo alle regole che gli merita l'emarginazione.

Grigoli viene arrestato il 19 giugno del 1997. Impiega poche ore per decidere di collaborare. È un uomo in rotta con i suoi vecchi padroni: «Da un anno a questa parte io non ero piú sostenuto da nessuno, economicamente... cioè, in poche parole, io non ero piú in condizioni di campare[2], come si suol dire, la famiglia. Mi

2. *campare*: mantenere.

sono dovuto persino impegnarmi[3] dell'oro che avevo io per potere mandare dei soldi a casa, addirittura farmi prestare dei soldi per potere tirare avanti i miei figli e questa cosa mi ha cominciato a fare pensare io con chi... per gran parte della mia vita, con chi ho avuto a che fare, se è stato giusto le cose che ho commesso, i delitti... cioè questa cosa mi cominciò a far pensare se era giusto quello che avevo fatto io per conto di questa organizzazione».

Al processo per l'assassinio del parroco di Brancaccio, Grigoli detta spontaneamente: «Vorrei definirmi io piú che altro un pentito perché mi sono pentito realmente di avere commesso questo omicidio».

Nega con decisione, con ostinazione di essersi mai vantato di quell'uccisione: «Non mi vantavo per altri omicidi, figuriamoci di questo. Anche perché, dopo averlo commesso, ci pensavo spesso a questo omicidio e non vedevo la ragione per cui è stato fatto... anche se sono a conoscenza dei motivi, ma non mi sembravano validi per uccidere un prete».

Le considerazioni del killer sull'inutilità dell'assassinio e l'insufficienza delle motivazioni peccano d'ingenuità, oppure sono un semplice artificio retorico[4] per avvalorare l'idea del pentimento. La Cosa Nostra ferita e rancorosa del 1993 aveva motivi validissimi per sbarazzarsi di padre Puglisi. Nella decisiva frontiera di Brancaccio, in una stagione in cui l'incalzare degli arresti e la crisi del reclutamento mafioso costringevano a imbarcare nella cosca piccoli delinquenti senza troppe sottigliezze, il parroco che non cedeva alle minacce, che non arretrava davanti agli avvertimenti era un nemico pericoloso.

Per esistere, Cosa Nostra ha bisogno della paura e del consenso. Sull'una e sull'altro lavorava il parroco di San Gaetano.

In piú, dei molti modi di «fare l'antimafia» – o di dire di farla, che troppe volte è lo stesso – aveva scelto il piú arduo, il meno appariscente, e forse l'unico utile: capire.

Ma le perplessità di Grigoli indicano una verità, sottolineano l'assoluta singolarità dell'omicidio: uccidendo padre Puglisi, la mafia uccide la parola, la semplice facoltà di parlare. Nell'impressionante elenco delle vittime, tra la fine degli anni Settanta e i Novanta, figurano politici, carabinieri, poliziotti, magistrati, un

3. *impegnarmi*: dare in pegno.
4. *artificio retorico*: un modo per essere più credibile.

medico legale, un giornalista. Tutti avevano un potere, un'arma da usare contro la mafia: leggi o manette, codici o perizie, processi o inchieste giornalistiche.

Padre Puglisi può solo parlare. È il suo unico potere. E non gli viene perdonato.

Pochi giorni dopo il delitto, sulla porta della bottega di un corniciaio che si trovava sulla via San Ciro, a un passo dalla sede provvisoria della chiesa, apparve la fotografia di una famiglia riunita. In apparenza era l'immagine innocua di una quieta riunione: si vedeva un grasso uomo sorridente seduto al centro e, tutt'intorno, una vasta corona di parenti.

Solo che il grasso uomo sorridente era inconfondibilmente Totò Riina. E i presunti parenti che lo ospitavano formavano una famiglia che nessun abitante di Brancaccio poteva fingere di non conoscere: i Teresi, notissimi costruttori.

Estratto da chi sa quali archivi all'indomani dell'assassinio, l'idillico quadretto esposto sulla via per la messa aveva un solo significato: la benedizione dello *zio* Totò al nuovo ordine imposto a Brancaccio.

Convocato dalla polizia, richiesto di una spiegazione, il tremebondo[1] corniciaio spiegò con quattro parole perché aveva esposto il quadretto: «Me lo hanno ordinato».

A San Gaetano, su mandato del cardinale Pappalardo, arrivò don Mario Golesano, parroco della chiesa di piazza Montegrappa.

Gregorio Porcaro ricorda la sera in cui don Mario si presentò al gruppo affranto degli amici di padre Puglisi: «Arrivò, ci squadrò tutti quanti eravamo, disse: "Per prima cosa, leviamoci dalla testa questo cadavere..."»

Suor Carolina e le Sorelle dei Poveri rimasero ancora un anno a Brancaccio. Ma di colpo, dopo il 15 settembre, tutto era cambiato: l'atmosfera, gli sguardi. «Tornarono a scrutarci dietro le imposte sbarrate, si ritirarono nella loro chiusura, nella vecchia diffidenza. Abbiamo vissuto mesi di silenzio, isolate. Nessuno ci

1. *tremebondo*: tremante, timoroso.

salutava, nessuno ci parlava; i bambini non venivano piú: avevano paura».

Racconta Pino Martinez: «Una sera, prima dell'assassinio di padre Puglisi, venne a trovarmi a casa una famiglia che abitava in via Hazon, nel mio stesso condominio. Erano padre, madre e un bambino che poteva avere suppergiú dieci anni. Dovevano parlarmi, mi annunciarono, di una faccenda molto seria. Raccontarono che alcuni ragazzi di via Hazon avevano attirato in disparte il bambino e, puntandogli alla testa una pistola, l'avevano minacciato intimandogli: da domani tu ci consegnerai diecimila lire al giorno, altrimenti ti facciamo saltare la testa.

Il bambino era terrorizzato, i genitori pure: volevano sapere da me che fare. Era una rivoluzione: in altri tempi si sarebbero rivolti a un amico degli amici, avrebbero cercato una strada, la via di una pacificazione, di un compromesso».

Da anni Martinez non abita piú nel quartiere di Brancaccio.

Epilogo

Andata via da Brancaccio, suor Carolina si è trasferita per qualche anno a Vittoria, nella provincia di Ragusa. Ha continuato a occuparsi di bambini e di ragazzi. L'edificio in cui ha abitato si distingueva nel compatto incubo edilizio della città perché lo vigilavano all'ingresso due alti alberi. Oggi vive in Calabria.

Se le si domanda di definire in poche parole padre Puglisi, dice senza esitare: «Era un uomo libero».

Il 20 ottobre del 1998, in un'udienza del processo, il pubblico ministero domanda a Salvatore Grigoli: «Lei ha ammazzato don Pino Puglisi?»

La risposta è secca: «Sí, ho sparato a padre Puglisi».

Domanda il pm[1]: «Perché lo ha ammazzato?»

Risponde l'assassino: «Perché mi è stato ordinato».

È difficile che l'abbia potuto dire a testa alta.

1. *pm*: pubblico ministero.

Post scriptum

Quando padre Puglisi venne ucciso, non vivevo piú a Palermo. Abitavo a Roma da sei anni, lavoravo per «Panorama»[1], mi capitava spesso di scrivere di mafia. E non sapevo nulla del parroco di Brancaccio.

Come me, la gran parte dei colleghi di Palermo. L'assassinio di un piccolo parroco di periferia colse tutti di sorpresa. Non andai in Sicilia per occuparmene: evento troppo minuscolo per incuriosire un grande settimanale. Leggendo i quotidiani capii, piú o meno, che era stato ucciso perché «faceva l'antimafia». E in un quartiere difficile come Brancaccio.

Avevo vissuto per otto anni a Palermo, un'intensa, tragica stagione, lavorando come cronista in un giornale-mito, «L'Ora». E a Brancaccio ero andata solo una volta: quando fecero saltare in aria il commissariato di polizia.

Ricordavo vicoli inquietanti, stravolte facce di violenza, la cupa bruttezza degli edifici, un'atmosfera soffocante, un quartiere-incubo.

Nel 1998 la rivista palermitana «Segno» pubblicò la prima sentenza di condanna degli assassini di padre Puglisi. La lessi. E provai vergogna. Ammirazione e vergogna. Ammirazione per l'uomo candido che in quella sentenza era descritto: l'eroe mite che va incontro al martirio con la leggerezza di chi si affida al destino. Vergogna per non aver capito, per non aver saputo, per non aver sospettato che a Brancaccio questo piccolo uomo sorridente aveva trovato l'elisir dell'antimafia[2]. E l'unica ad averlo capito era stata la mafia.

Il '93 è un anno cardine nella recente storia italiana. Per questo, temo, ne sappiamo cosí poco. Il procuratore nazionale antimafia si è raccomandato agli storici perché ci spieghino il senso di quella stagione, ci restituiscano la verità, o una possibile verità. Il

1. *«Panorama»*: settimanale di informazione, politica e cultura.
2. *l'elisir dell'antimafia*: un'efficace soluzione contro la mafia.

1993 ha decapitato l'intero sistema di governo che aveva retto l'Italia dal dopoguerra[3]. Con un processo perfettamente parallelo, la classe dirigente di Cosa Nostra (con l'indecifrabile eccezione di Bernardo Provenzano) si è disfatta.

Per caso, per scelta, per destino, in quell'anno di furia e di speranza padre Puglisi si trovava a presidiare la sguarnita frontiera di Brancaccio, snodo chiave della geografia di mafia, là dove Cosa Nostra viveva con spavento la fine del mondo: la caduta dei corleonesi, la revoca dell'impunità, lo sfaldarsi del mito inossidabile dell'omertà, la necessità di arruolare, per coprire i buchi d'organico, malavitosi comuni, rapinatori ladri malandrini, senza giuramento, senza garanzie, senza quella pratica di spietata selezione destinata a ricavare dalla massa convulsa degli aspiranti – quella massa cui di slancio apparteneva, prima d'incontrare padre Puglisi, il ragazzo Giuseppe Carini – l'uomo d'onore. E lí, con la passione e forse l'incoscienza che il laico non conosce, padre Puglisi tagliava le gambe al reclutamento mafioso. Si prendeva i bambini, lamentano concordi i soldati dell'armata mafiosa in rotta. I bambini, il domani. Quelli che padri e madri lasciano abbandonati per strada. Quelli che la Repubblica italiana fa crescere nella ferocia dei vicoli: indifferente alle loro diserzioni dalla scuola; indifferente all'idea che, dopo le elementari, non avendo una scuola media, vengano risucchiati nel buio del lavoro nero, peggio: del piccolo cabotaggio[4] criminale.

Questo, padre Puglisi aveva intuito: che il mondo lo salvano i ragazzini, non gli adulti. E aveva capito che le grandi prediche antimafia servono a poco, se il gesto le contraddice. Aveva capito che, in un quartiere popolare di Palermo, la mafia è, con le sue illusioni di rispetto, di prestigio, di onore, l'unico veicolo, l'unica promessa di ascesa sociale, di riscatto. Aveva capito una verità brutale, impronunciabile: che se un bambino nasce a Brancaccio, la sola sua speranza di diventare qualcuno nella vita è essere mafioso.

La Sicilia, e l'occidente della Sicilia soprattutto, è ossessionata dal rispetto. Ai figli cresciuti senza amore, ai bambini abbandonati a giocare per strada dalle famiglie, la mafia garantisce dignità, ruolo, prestigio: rispetto, appunto. La mafia e nessun altro. Fino a padre Puglisi.

Giuseppe Carini, Pino Martinez, suor Carolina, Gregorio Porcaro raccontano di una rivoluzione, a Brancaccio: dei primi segni,

3. *Il 1993... dopoguerra*: il 1993 segna l'inizio di importanti cambiamenti politici: molti dei partiti che si erano formati dopo la fine della Seconda guerra mondiale cessano di esistere.
4. *piccolo cabotaggio*: piccoli traffici.

almeno, di una rivoluzione. La rivoluzione che noi gli illuminati, gli intellettuali, gli strateghi dell'antimafia abbiamo sempre sognato a Palermo, sempre pensando che fosse impossibile.

Noi, i laici, gli impegnati, gli informati, quelli che determinano il corso del grande circo antimafia, e appendono e ritirano ritratti e patenti[5], non avevamo capito nulla di tutto questo. Noi andavamo dietro agli idoli, e abbiamo lasciato solo questo piccolo sacerdote onesto, rigoroso, coerente. Perché l'antimafia è spesso teatro, e padre Puglisi non aveva il temperamento dell'attore.

Ma quello che noi non avevamo capito, Cosa Nostra l'ha intuito al volo. Sempre, nell'indicare l'avversario da abbattere, nel mettere a fuoco il motore che governa un intero processo, in breve: nell'identificare i propri nemici la mafia ha mostrato piú talento di quanto l'antimafia non ne abbia dimostrato nel riconoscere e sostenere i propri amici. Al modesto prezzo di un proiettile, Cosa Nostra ha azzerato una rivoluzione possibile. L'ha stroncata.

Nell'autunno del 2000, a Palermo per lavoro, andai a vedere i luoghi in cui padre Puglisi aveva vissuto. La Chiesa palermitana aveva già annunciato di volerlo proporre per la beatificazione, per fare di lui il primo martire antimafia. Non un uomo come tanti, che ha deciso di dedicare la propria vita a un impegno; ma un santo: diverso, estraneo.

Cercai la sua casa in piazza Anita Garibaldi. Mi aggiravo per quelle strade come in un paese straniero. Sullo stradario di Tuttocittà Brancaccio figurava come un appena accennato spazio bianco, come sulle antiche mappe dell'Africa si stagliava il minaccioso *hic sunt leones*[6].

Girovagavo senza costrutto intorno a viale dei Picciotti. Erano vie su cui l'epopea garibaldina aveva impresso il suo ricordo. Centoquarant'anni dopo, quel reticolo di strade era una ragnatela di servaggio[7], un labirinto di terrori. Non riuscivo a trovare piazza Anita Garibaldi. Fermai la macchina, scesi, andai incontro a una donna che camminava sul marciapiede: cominciò a rallentare, guardandomi con paura, scartò verso il muro. Provai a sorridere per rassicurarla, le domandai della piazza. Mi rispose con esitazione, con timore: «Non lo so». Mi colpí il suo spavento: come se istintivamente temesse, nell'estranea, l'aggressione.

5. *patenti*: attestati.
6. *hic sunt leones*: (latino) qui vivono i leoni, a sottolineare il pericolo presente in quelle terre.
7. *servaggio*: servitú.

Un venditore ambulante, poco dopo, fu meno spaventato e piú utile. Trovai la casa. Accanto al portone, sul citofono, una targa minuscola, datata 1994, scolorita dal feroce sole siciliano. Recava una firma talmente vaga da apparire anonima: *I giovani liberi*. E la scritta: *La mafia è forte, ma Dio è onnipotente*. Una partita tra la mafia e Dio. E gli altri: gli uomini, le donne? dov'erano spariti, dove si erano nascosti?

Pensai all'uomo che aveva abitato in quella casa, che sul portone di quella casa era stato ucciso, l'uomo che aveva voluto vincere quei silenzi, guarire quello spavento, convincere quella donna che, tra la mafia e Dio, si apre uno spazio possibile.

Poi mi incamminai verso via Hazon, sfiorai i cancelli della scuola media. Era stata aperta nel gennaio del 2000. Non negli inviolabili scantinati del numero 18. Ma era una scuola tuttavia, e bella e nuova. Quella che padre Puglisi avrebbe voluto. Gli era stata intitolata, poiché a un morto non si nega quello che a un vivo ostinatamente si rifiuta.

Per inaugurarla era arrivato a Brancaccio il capo dello Stato, Carlo Azeglio Ciampi. Aveva poi visitato il Centro Padre Nostro, lasciando un assegno personale di venti milioni. Il giovane volontario che dirigeva il Centro non sembrava troppo grato di quel gesto: «E che sono venti milioni? Quando si fa il bilancio della Regione, una cifra come quella la chiamano una svista d'aula»[8].

Per otto anni la targa e la minuscola foto scolorita sono stati l'unico omaggio alla memoria di padre Puglisi nel luogo del suo assassinio. Per il nono anniversario della sua morte, nel settembre 2002, il Comune ha annunciato di voler ricavare un grande giardino in piazza Anita Garibaldi per porvi al centro un monumento in ricordo. Gli abitanti della piazza si sono ribellati: «E noi dove andiamo a posteggiare?» hanno protestato. Il Comune ha ridimensionato i suoi progetti. Un giardinetto è stato pur creato, con il monumento al centro.

La mattina del 15 settembre, una domenica, è stato inaugurato. Fra il pubblico, anche i capi dell'Intercondominiale. Durante la cerimonia uno di loro, Mario Romano, ha sollevato lo sguardo sui presenti: tolte le autorità e le scorte, ha contato non piú di venti persone di Brancaccio.

Indebolita dall'assassinio del parroco, per anni senza voce, l'Associazione Intercondominiale ha deciso di tornare a farsi sen-

8. *svista d'aula*: una disattenzione avvenuta nell'aula parlamentare.

tire. Nell'ottobre del 2001 si è costituita parte civile[9] al processo contro i mafiosi che nel giugno del '93 bruciarono le porte di Guida, Martinez e Romano. Le udienze si tengono a grande distanza l'una dall'altra, si direbbe: senza fretta. Pino Martinez ne dà minuziosamente notizia sul sito Internet che ha dedicato a padre Puglisi.

Fra i primi testimoni è stato ascoltato Salvatore Grigoli. Gli è stato domandato come lui e i suoi complici riuscirono a entrare nei tre palazzi in cui abitavano le vittime degli attentati, come violarono tre differenti portoni senza forzarli. «Avevamo le chiavi, – ha risposto tranquillamente Grigoli. – Ce le avevano date altri inquilini».

La vita quotidiana a Brancaccio non è cambiata: i negozi pagano sempre il pizzo, in un chiuso silenzio. Per strada si spaccia droga, e qualche pigra casalinga la cala col cestino dai balconi della via Hazon. Con i Graviano in carcere, nuovi giovanotti esibiscono nuove arroganze. Gli scantinati del numero 18 sono ancora murati. Dentro, al riparo di quello scudo di mattoni giallastri – dice la chiacchiera di quartiere – i vecchi affari sporchi si svolgono con indisturbata tranquillità. L'Intercondominiale ha chiesto al Comune di acquistare gli scantinati, ha ricordato che quei luoghi sono il simbolo della battaglia fra la legalità e il crimine: il loro abbandono, agli occhi del quartiere, è il segno della disfatta della legge. Il Comune di Palermo, oggi retto dal centrodestra, ha assicurato che l'acquisto si farà.

Al numero 461 di via Brancaccio una grande insegna bianca, issata sul balcone del Centro Padre Nostro, ricorda che, a volerlo, è stato padre Puglisi «barbaramente ucciso». Mafia o meteorite, l'insegna non lo dice.

Presidente del Centro è don Mario Golesano. Dopo nove anni passati a dividersi fra le parrocchie di Brancaccio e piazza Montegrappa, fisicamente distanti, ha ottenuto l'incarico di occuparsi della sola chiesa di San Gaetano. Pensa che la Curia dovrebbe fare di piú, «un solo parroco è poco». Anche perché c'è il Centro a cui badare. Il Centro, assicura don Golesano, ha ottimi rapporti con le istituzioni. Tanto che il parroco è consulente del presidente della Regione per le politiche sociali e il suo vice, Antonio Diliberto, numero due del Centro, è consulente del sindaco di Palermo per le attività sociali.

9. *parte civile*: chi, nel processo penale, chiede in qualità di parte offesa (vittima di un reato) un risarcimento per i danni subiti.

Questi ottimi rapporti non hanno impedito che l'unica palestra di Brancaccio sia oggi deserta perché il Comune ha imposto un biglietto d'ingresso, pagabile per giunta agli sportelli dello stadio, dall'altra parte della città; che il Centro sportivo sia ancora di là da venire e l'ambulatorio medico, aperto un anno dopo l'assassinio di padre Puglisi, sia durato appena pochi mesi, il tempo che si consumasse il rimorso.

Il Centro di via Brancaccio è diventato un laboratorio di progetti. Uno su tre, si compiace don Golesano, riesce a ottenere un finanziamento pubblico. Con quei soldi si apre ora un doposcuola in periferia ora un centro anziani. Il guaio è che il finanziamento dura un anno, poi il Centro anziani o il doposcuola chiude, fra le lacrime dei bambini e i lamenti degli anziani. Dal 1997 al 1999 il Centro ha avuto un flusso costante di aiuti pubblici: la Regione siciliana aveva stanziato per legge 150 milioni annui. Poi la legge si è esaurita, i finanziamenti prosciugati. Il direttore del Centro, Maurizio Artale, assicura che ci si sta battendo per riaverla. E si duole che, molti anni fa, al tempo del primo processo per l'assassinio di padre Puglisi, il Centro abbia rinunciato a costituirsi parte civile contro i mafiosi. Fu una scelta obbligata: il cardinale del tempo, Salvatore Pappalardo, aveva prescritto a don Golesano di tirarsi indietro, sia come parroco sia come presidente del Centro Padre Nostro. Don Mario ubbidí, e il Centro perse due miliardi secchi, il risarcimento che il pubblico ministero avrebbe chiesto per la parte civile. Artale rimpiange quel denaro.

Fra la primavera e l'estate del 2002 numerose parrocchie di Palermo, e specialmente le piú impegnate contro la mafia, sono state vittime di incursioni. Anche nella chiesa di San Gaetano qualcuno è entrato, in una notte di giugno, sfondando un vetro. I ladri, se ladri erano, hanno messo a soqquadro l'archivio, aperto armadi, compreso quello che custodiva l'argenteria, non hanno portato via nulla. Dopo qualche tempo gli agenti del commissariato di Brancaccio hanno arrestato un uomo, un disoccupato, Vittorio Fiordaliso. Ha confessato d'aver rubato per chiese per sfamare la famiglia. Don Golesano è scettico: «Sono stati loro, i mafiosi. Vogliono dimostrare che contano ancora e sempre, che controllano il territorio. Parliamoci chiaro: noi qui ce la stiamo spassando perché non diamo fastidio a nessuno». Del suo predecessore don Golesano dice: «Non era un uomo tutto latte e miele. Sapeva essere duro. Aut aut[10] per lui significava qualcosa. Alla fi-

10. *Aut aut*: scelta obbligata tra due possibilità.

ne avrebbe potuto chiedere di andare a fare un corso di esercizi spirituali[11], stare via tre mesi, si sarebbe salvata la vita. Ma non si è tirato indietro. Una bella figura di prete. Ma duro da masticare, piú duro ancora da digerire. Anche per la Chiesa».

Carmelo, detto *Buttigghiuni*, il bambino che dormiva d'inverno sotto il vetro rotto, è diventato grande. Compiuti i diciott'anni, ha lasciato la sua cella al Malaspina, il penitenziario minorile. Oggi è rinchiuso nel carcere dell'Ucciardone. Lo accusano di aver spacciato droga.

Me lo racconta Mario Romano, con un sorriso di pena. Siamo seduti nella cucina della sua casa, dieci piani piú su della via Hazon. Dal balcone si vedono passare i treni. Avanzano fischiando verso il passaggio a livello di via Brancaccio dove lentamente, inesorabilmente la sbarra si chiude.

C'è qualcosa di irresistibile nell'eroe che va alla morte, consapevole e sconfitto, offrendo le mani disarmate allo scempio del nemico. Qualcosa che incanta e che consola. Gli eroi solitari ci piacciono perché ci assolvono: la nostra normalità si compiace del loro eroismo, vede nella loro sconfitta il migliore dei motivi per astenersi non dal coraggio soltanto, ma da ogni gesto di umana resistenza.

Santo, martire o eroe, se la sconfitta di padre Puglisi era inevitabile, nessuno è responsabile di non averla evitata. Ma era davvero inevitabile? La sua storia grida di no.

Per rabbia per dolore per vergogna per un desiderio impossibile di risarcimento ho voluto raccontarla.

11. *esercizi spirituali*: ritiro dedicato alla riflessione e alla preghiera.

Appendici

1.

Francesco Anfossi, *E li guardò negli occhi*

Il testo di Bianca Stancanelli è principalmente dedicato agli ultimi anni di don Pino Puglisi. Francesco Anfossi ha ricostruito l'intera esistenza del parroco di Brancaccio e racconta cosí, nel secondo capitolo del suo libro, l'infanzia di don Pino, la vita dei suoi genitori, la nascita della sua vocazione.

Ai suoi amici e confratelli don Puglisi era solito raccontare l'episodio che aveva dato una svolta alla sua vita.

È ambientato a Palermo, un giorno di primavera del 1953. Giuseppe Puglisi, giovane studente del secondo anno delle magistrali, entra nel cuore della città: la cattedrale. Pinuccio, come lo chiamano gli amici, ha sedici anni ed è già animatore dell'Azione Cattolica. Deve incontrarsi con l'assistente diocesano dell'Azione Cattolica, monsignor Francesco Guercio, che è anche parroco di San Domenico e sceglie spesso quel luogo per dare appuntamento ai suoi allievi. La domanda a uno dei suoi allievi prediletti è quasi fulminea: «Ci hai pensato mai a farti prete?».

Da quella scintilla Pino Puglisi inizia quel cammino, quell'avventura spirituale che doveva portarlo all'ordinazione sacerdotale, il 2 luglio 1960, a ventitré anni. Suo fratello Gaetano attende quella data per sposarsi: il primo matrimonio celebrato da don Pino – o da «padre» Pino, come si dice normalmente a Palermo e in tutta la Sicilia anche per i sacerdoti – è proprio quello dell'amato Tanino, il maggiore dei quattro fratelli Puglisi nati dal matrimonio di Carmelo e Giuseppina.

Giuseppe Puglisi è nato all'ospedale di Palermo il 15 settembre 1937. A Brancaccio è cresciuto, prima, bambino, in una casa vicino alla ferrovia, poi, fino all'adolescenza, in un'abitazione antica dei primi del Novecento, in via Messina Marine. Quattro locali piú servizi, divisi alla maniera delle vecchie abitazioni palermitane, senza corridoi, una stanza dietro l'altra. Da uno dei balconi si vede il mare, quel mare scuro e tormentato cui Palermo, diceva Sciascia, sembra voltare le spalle. Giuseppe ha abitato queste stanze fino al suo ingresso in seminario e sempre a Brancaccio, nello stesso quartiere, ha frequentato le elementari. Le sue origini sono umili. Il padre fabbricava scarpe in un calzaturificio palermitano. La madre faceva la sarta in casa per aiutare il bilancio familiare. Racconta Franco, il piú piccolo dei quattro fratelli: «L'esempio di mia madre è stato determinante per tutti noi. Era una donna straordinaria, mi pareva potesse incarnare la misericordia. Chiunque l'avesse conosciuta non poteva che parlarne bene. Ricambiava in bene il male che aveva ricevuto. E ci invitava a fare la stessa cosa. Noi ci arrabbiavamo: le rimproveravamo di essere troppo buona. La gente approfittava di lei: veniva a casa nostra con un vestito chiedendo come favore un piccolo rammendo. Poi il rammendo diventava l'intero orlo. Alla fine mia madre aveva rifatto un vestito intero senza chiedere soldi in cambio. Ricordo che casa nostra era sempre casa di tutti. Ospitavamo sempre parenti e amici, intere famiglie venute da fuori Palermo, magari venute per assistere un malato in ospedale».

Giuseppina era una donna molto religiosa, devota alla Madonna di Fatima. «Si alzava alle cinque della mattina per andare alla Novena. Io mi svegliavo di soprassalto e lei, per farmi star buono, mi lasciava a letto con una bambola di pezza per compagnia. Poi tornava e preparava la colazione per tutta la famiglia». Franco non ha mai conosciuto Nicola, il secondo della famiglia, morto a quindici anni per problemi cardiaci. «Giuseppe ogni tanto me ne parlava: aveva una valvola del cuore che non funzionava. Oggi sarebbe stato un problema di facile soluzione. Allora si moriva». La religiosità della madre deve certo aver influenzato il piccolo Giuseppe. «Ma mai direttamente», ricorda ancora Franco. «Mia madre pregava sempre ma non faceva mai alcuna pressione sui figli. Non immaginava che mio fratello sarebbe divenuto prete. La scelta di Pino fu un atto di totale libertà».

Fino alla sua entrata in seminario Pino alterna gli studi al lavoro. Il pomeriggio effettua consegne per conto di sua madre. Oppure aiuta il padre a inchiodare le suole sulle scarpe. Frequenta la parrocchia di San Giovanni Bosco e qui entra in contatto con l'Azione Cattolica. In questo ambiente matura la sua scelta vocazionale. Che vivrà come completamento dell'altra grande passione della sua vita: quella di educatore.

Nel 1953 la famiglia si trasferisce a Castelvetrano. Pino studia tutta l'estate il greco, passa l'esame integrativo e si trasferisce nel vecchio edificio settecentesco del seminario maggiore, un ex convento di monache olivetane, in via Incoronazione.

«Papà e mamma andavano a trovarlo ogni settimana». Ricorda Franco: «lui veniva da noi ogni estate».

La vita dei seminaristi allora era durissima. Svegli alle cinque e mezzo. Subito in chiesa per le preghiere, la meditazione e la messa. Alle sette e trenta una frugale colazione. Poi a scuola. Alla sera i seminaristi dovevano andare a letto con la talare[1] ancora addosso e sfilarsela sotto le coperte. Il cardinale Ruffini aveva stabilito il divieto di parlare di teologia e filosofia al di fuori del seminario. Puglisi non era il piú bravo dei seminaristi ma era certamente un allievo modello: serio, competente e studioso. Aveva una passione particolare per la matematica, materia che per qualche tempo insegnò al seminario minore. Il futuro don Puglisi aveva già allora incarichi di responsabilità legati alle sue capacità pedagogiche. Discreto e gentile, sempre pronto a girare sui tacchi se la conversazione diventava aspra. Ma fermo nelle sue posizioni. Studioso e lavoratore infaticabile già allora, gli capitava di addormentarsi appoggiato alla spalliera del letto, con la talare ancora addosso, per la stanchezza. «E già allora aveva la fissa dell'incontro personale», ricorda don Mario Golesano, che è stato suo compagno di seminario. Sempre attento alle esigenze dei compagni, andava già sviluppando quella che divenne una sua vocazione e una sua caratteristica fondamentale: l'ascolto.

(Francesco Anfossi, *E li guardò negli occhi*, Paoline, Milano 2005, pp. 23-26)

1. *talare*: la lunga veste indossata dai preti.

2.

Roberto Faenza, *Alla luce del sole*

La vita di padre Puglisi e gli anni trascorsi a Brancaccio sono al centro del film Alla luce del sole *del regista Roberto Faenza, con l'attore Luca Zingaretti nel ruolo del parroco e un cast composto prevalentemente da bambini.*

Ecco un frammento tratto dalla sceneggiatura:

Passaggio a livello – Esterno Giorno

La bicicletta arrugginita di don Puglisi arriva davanti a un cavalcavia dove i ragazzini giocano a pallone.

Don Puglisi si ferma un po' a osservarli.

DON PUGLISI Ma perché non venite a giocare a pallone in parrocchia?

RAGAZZINO Tu cu si?[1]

I ragazzini gli si fanno intorno.

DON PUGLISI Sono don Pino, il nuovo parroco.

Si fa avanti uno dei piú grandi, Saro, il ragazzino visto all'inizio del film.

SARO E come mai che non sei vestito da prete, come quello che c'era prima?

Don Puglisi sorride.

DON PUGLISI Per giocare meglio a pallone.

Si fa avanti un bambino di circa otto anni.

1. *Tu cu si?*: Tu chi sei?

GINO Perché in parrocchia c'è un campo?
DON PUGLISI Certo che c'è.
SARO Ma quannu mai?![2]

DON PUGLISI E perché non venite a vedere?
RAGAZZINO Amuní va, iemu a biriri stu bellu campu! Avanti, va... Amuní[3].
DON PUGLISI Andiamo!

Si incamminano tutti verso la parrocchia. Tre ragazzine li seguono.

Campetto – Esterno Giorno

Don Puglisi arriva sul campo seguito da tutti i ragazzini.
Grande è la loro meraviglia quando scoprono che dietro la chiesa è stato allestito un vero e proprio campo da pallone, con tanto di linee bianche. I pali sono fatti con tubi di ferro e le traverse con semplici nastri da imballaggio, ma sono pur sempre due porte.
Contravvenendo all'ordine del padre, Domenico è tornato ad aiutare il parroco e sta dando gli ultimi ritocchi all'area di rigore.

RAGAZZINO Minchia ohu, chissu sí ch'è 'n campu vero![4]
DON PUGLISI Vi piace?
RAGAZZINI Certu... Sí...
DON PUGLISI Dai, fate le conte per le squadre. Tieni, tu arbitri *(rivolgendosi a Domenico e consegnandogli un fischietto).*

I ragazzini non si fanno pregare e si avventano sulla palla, dandosele di santa ragione pur di conquistarla. Si prendono a botte, pugni, spintoni.
È un triste spettacolo, non pensano a passarsi il pallone, ma solo a sottrarlo agli altri, finché qualcuno non glielo ruba: è il loro modo di essere, vittime precoci della violenza in cui sono cresciuti.
Inevitabilmente, scoppia una rissa tra due facinorosi[5], uno dei quali è Saro. Don Puglisi fischia forte per separarli, ma quelli sono inarrestabili e si picchiano a sangue. Spazientito, il parroco ferma il gioco e li afferra per un braccio.

DON PUGLISI Vi fermate! La volete finire, oh!

Finalmente, i ragazzini smettono di menarsi, ma Saro si rivolta contro di lui.

2. *Ma quannu mai?!*: ma quando mai?
3. *Amuní va... Amuní*: Andiamo a vedere questo bel campo da calcio. Avanti... Andiamo.
4. *Minchia... vero!*: Minchia! Questo sí che è un vero campo da calcio!
5. *facinorosi*: violenti.

SARO Pirchí non ti fai i fatti to'?[6]

DON PUGLISI E ch'è giocare a pallone questo?

Il ragazzino tace e con lui tutti gli altri.

DON PUGLISI Mi sapete dire che gioco è?
GINO Per noi questo è calcio!
DON PUGLISI No, non è calcio! Perché il calcio ha delle regole! Questo è rugby!
SARO Noi cosí giochiamo!
DON PUGLISI E cosí non va bene. Allora, o rispettate e accettate queste regole, oppure tornate a scannarvi, però in strada. Pallone. Avanti arbitro! Punizione.

Il gioco riprende. A ogni fallo, arriva inesorabile il fischio dell'arbitro.
In area di rigore, Saro stende con un fallaccio un avversario e prosegue l'azione nonostante Domenico intervenga a fischiare il rigore. Gli altri ragazzini si sono fermati, ma Saro prosegue ugualmente verso la porta avversaria, non c'è nessuno che lo marca, entra in area, tira e fa gol.

SARO *(esultando)* Gooool!
DON PUGLISI Bel gol. Peccato che hai segnato a gioco fermo. Dai…
SARO *(con il pallone in mano)* Ma che minchia stai dicendo, questo è gol!
DON PUGLISI L'arbitro aveva fischiato. Il gioco era fermo.
SARO Non ci scassari a minchia. È gol! Chissu è gol!

Il ragazzo si fa minacciosamente sotto a don Puglisi, che lo affronta senza paura.

DON PUGLISI Espulso.
SARO Ma che espulso?
DON PUGLISI Vai fuori. Vai fuori…
SARO Iu un nescio… haiu a ghiucari[7].
DON PUGLISI Sei stato espulso, devi uscire dal campo.

Il ragazzo fa resistenza, non ci pensa proprio a uscire. Interviene Domenico, che lo prende per un braccio cercando di convincerlo a uscire dal campo, mentre quello lo strattona e lo insulta. Saro continua a inveire contro don Puglisi, che fischia la ripresa del gioco. I ra-

6. *Pirchí… to'?*: Perché non ti fai gli affari tuoi?
7. *Iu un nescio… ghiucari*: Io non esco… io devo giocare.

gazzi questa volta cominciano a passarsi la palla attenti a non commettere falli.

Intanto da bordo campo, il ragazzo espulso si mette a urlare come un ossesso verso i compagni.

SARO Iu a ghiucari... U parrinu i sta minchia aviemu. Talè a chissu, oh...[8] Tutti fuori, ora!

DON PUGLISI Fuori dal campo...

SARO Tutti fuori! E bravi... quattro femminedde che si fanno scaitare da un parrino scassacazzi...[9]

Urla sempre di piú. Una caterva di parolacce.

Don Puglisi è costretto a fermare il gioco, va verso Saro.

Don Puglisi gli si para davanti, faccia a faccia. Saro smette di gridare. Il parroco lo fissa negli occhi col suo sguardo sereno.

SARO Chi c'è?

DON PUGLISI Hai finito?

SARO U viri cu sa manu, ah? Si unn'eri parrinu, ah... ti scippava aricchi![10]

DON PUGLISI E poi che avreste concluso?

La sua frase coglie alla sprovvista il ragazzo, che resta come impietrito.

Improvvisamente arrivano sparate due macchine dei carabinieri che inchiodano ai bordi del campo. Scendono alcuni carabinieri.

CARABINIERE Avveduto Saro!

Appena sente il suo nome, Saro scappa in senso opposto, mentre due carabinieri gli corrono dietro.

I ragazzini smettono di giocare e per impedire ai carabinieri di catturare Saro li accerchiano stringendoli contro il muro. In un baleno Saro si dilegua.

Don Puglisi si fa avanti.

DON PUGLISI Ma che sta succedendo?

CARABINIERE Abbiamo un'ordinanza di custodia cautelare per Avveduto Saro.

DON PUGLISI Ma che ha fatto?

8. *Iu a ghiucari... oh...*: Io devo giocare... Abbiamo un prete rompicoglioni..... Guardalo, oh...

9. *Tutti... scassacazzi*: Tutti fuori! E bravi... quattro femminucce che si fanno mettere in riga da un prete scassacazzi.

10. *U viri... aricchi!* : La vedi questa mano, ah? Se non eri un prete ti strappavo le orecchie!

CARABINIERE Eh, questa informazione non possiamo dargliela.

Saro sembra essere sfuggito alla cattura, ma un attimo dopo ecco sbucare i due carabinieri che trascinano il ragazzo, lo infilano in macchina e partono.

DON PUGLISI Su, su, su, torniamo a giocare, avanti… dai, dai.

Slargo dietro il campetto – Esterno Giorno

I ragazzini hanno lasciato il campo di calcio. Svoltato l'angolo, in uno slargo si ritrovano davanti a un camioncino aperto con al volante un uomo, Oreste. Appoggiato al furgoncino c'è Vito che fuma.

VITO Allora femminucce, avete finito di giocare?

Poi indica quattro ragazzini.

VITO Tu, tu, tu… e tu.

Gli fa cenno di salire sul furgone. Gli altri ragazzini corrono via. Domenico fa per andare via, ma Vito lo richiama.

VITO Domenico!

Il ragazzo china la testa e ubbidisce, tornando indietro. Sale sul furgone insieme agli altri e vanno via.

Magazzino – Esterno/Interno Giorno

Il camioncino è arrivato davanti a un magazzino di confezionamento, costruito sopra alcuni scantinati abbandonati.
All'interno i ragazzini caricano delle cassette di arance con alcuni macchinari che fanno un gran baccano. Oreste li controlla. Arriva Vito.

VITO Oh, viri[11] che stiamo perdendo tempo!

Oreste fa cenno a due ragazzini che hanno già caricato due cassette di seguirlo.

ORESTE Amuní smuviemmuni…![12]

11. *viri*: vedi.
12. *Amuní smuviemmuni…!*: Andiamo, spicciamoci…!

Si avvia all'uscita seguito dai ragazzini. Poi si rivolge a Domenico, chino per terra, che sta riempiendo di arance una cassetta da portare via.

ORESTE Domenico! Vedi che qui non stiamo scherzando! Viri i smuviriti... Amuní, camina cu mia[13].

Dentro la cassetta sono nascosti vari candelotti di esplosivo. Domenico si alza e porta fuori la cassetta.

All'esterno, mentre i ragazzini caricano le cassette su un furgone, Vito sta chiacchierando con i suoi capi, appoggiati a una Mercedes decappottabile.

(Roberto Faenza, *Alla luce del sole*, Gremese, Roma 2005, pp. 25-30)

13. *viri i smuviriti... mia*: vedi di sbrigarti. Andiamo, vieni con me.

3.

Mario Luzi, *Il fiore del dolore*

Mario Luzi, uno dei piú importanti poeti del Novecento italiano, ha dedicato a padre Puglisi un testo teatrale intitolato Il fiore del dolore. *Proponiamo il monologo in cui il sicario, pentito dell'omicidio compiuto, si interroga sulle ragioni del suo gesto.*

Carcere

SICARIO
Cosa si può fare perché il fatto non sia accaduto?
Il tempo appena trascorso è già presente irreversibile.
È brutale imponenza[1] quella delle nostre azioni:
la mente le sopprime e le elimina, l'animo le rinnega,
ma esse restano lí, non appartengono piú a nessuno,
ma sono ormai nel mondo, nel suo essere stato.
"Vi aspettavo" disse.
E io vergognosamente ero quella persona,
preso nella tenaglia della preveggenza e del suo inveramento[2];
nella trappola dell'esecuzione.
Che dispiacere, che stupidità e che ignominia.
Ah vorrei essere liberato da questa vergogna,
venga pure poi il rimorso, il rammarico. Che bestialità, la mia.

C'è una ingiustizia della sorte.
Perché a me è toccato d'essere puntualmente
quel sicario che occorreva alla perfetta inesorabilità di quella morte?
L'assassino per rendere irrimediabile quell'avvenimento ci voleva:

1. *imponenza*: solennità, gravità.
2. *del suo inveramento*: del suo realizzarsi, diventare realtà.

e io, idiota!, pronto a quell'ufficio,
io che non avevo contro di lui nessun sentimento, nessun argomento.
Vergogna, vergogna! Indecenza della mia figura.
È troppa quella indecenza, troppa quella deiezione[3] perché provi dolore.
C'è il dolore, sí, si aggira
ronzando sopra il grumo di quel sangue,
ma ancora non è mio, non mi è entrato dentro.
Sono un errore, una mostruosità,
ma non sono io. Mi vedo ma non mi sento,
non coincido con nulla che riconosca come me stesso.
Che infame, che schifezza!
Poi verrà il dolore, verrà il crepacuore.
Quello che è stato non potrà essere revocato
e io vorrò essere morto, vorrò morire.

Solo allora tornerò uomo,
sarò di nuovo disperatamente io.
Padre Puglisi, non so chi eri;
ricordo solo il tuo sorriso di fronte al braccio
alzato contro la tua persona.

(Mario Luzi, *Il fiore del dolore*, Edizioni Archivi del '900, Milano 2003, pp. 82-86)

3. *quella deiezione*: quegli escrementi.

Bibliografia minima

Francesco Anfossi, *E li guardò negli occhi*, Paoline, Milano 2005

Francesco Deliziosi, *Don Puglisi. Vita del prete palermitano ucciso dalla mafia*, Mondadori, Milano 2001

Roberto Faenza, *Alla luce del sole*, Gremese, Roma 2005

Mario Luzi, *Il fiore del dolore*, Archivi del '900, Milano 2003

Elefteria Morosini - Franco Brambilla (a cura di), *La mafia. Economia politica società*, Einaudi scuola, Milano 1995

Indice

Novità 2005

I LIBRI DA LEGGERE - LETTERATURA

Alberto Asor Rosa L'alba di un mondo nuovo
pp. 256.
L'infanzia e il passaggio all'adolescenza di un giovane vissuto in anni cruciali per la storia del nostro paese: gli anni del fascismo, della guerra e della Liberazione. Un romanzo autobiografico e di formazione, scritto da uno dei piú importanti intellettuali italiani.

I LIBRI DA LEGGERE - SAGGISTICA

Eva Cantarella Itaca
pp. 192.
Vita sociale, organizzazione politica, comportamenti maschili e femminili, convinzioni religiose a Itaca: piccola comunità che si avvia a diventare una polis. Un'edizione ridotta del saggio di Eva Cantarella, che ripercorre le pagine di *Iliade* e *Odissea* con felice taglio narrativo.

Alessandra Chiappano (a cura di) Il Sessantotto
pp. 192.
Le principali tappe degli anni della contestazione in una ricostruzione storica che attinge a documenti del tempo (manifesti, slogan, testi musicali) e a interviste inedite a importanti testimoni di quel periodo (Joan Baez, Mario Capanna, Francesco Guccini e altri).

LETTERATURA DEL NOVECENTO

Varlam Šalamov Racconti di Kolyma
pp. 192.
Una scelta dei racconti scritti da Salamov dopo l'esperienza dei lavori forzati nelle miniere della Siberia: racconti che descrivono la follia del campo di concentramento e che sono tra le pagine piú belle della letteratura russa contemporanea.

Novità 2004

I LIBRI DA LEGGERE - LETTERATURA

Niccolò Ammaniti Io non ho paura
pp. VIII-184.
La versione integrale del romanzo che ha dato fama ad Ammaniti e da cui è stato tratto il film di Salvatores. Il volume è corredato di tre percorsi di lettura che guidano alla comprensione del testo e al confronto con la versione cinematografica.

Joseph Conrad I duellanti
pp. XII-116.
Conrad coglie lo spirito dell'epoca napoleonica raccontando la storia di due soldati che si sfidano a duello per vendicare un torto sconosciuto e inspiegabile. Un libro sul doppio e sul conflitto insanabile con l'altro che sottolinea sapientemente il buio dell'animo umano.

Mauro Piola – Annalisa Cichella (a cura di) Il giallo italiano. Diciotto racconti polizieschi
pp. VIII-184.
Una raccolta dei piú rappresentativi autori del giallo italiano (Scerbanenco, Camilleri, Lucarelli e altri), che interpretano il genere in modo diverso, spaziando dal noir classico al giallo al femminile, dalla reinvenzione letteraria e linguistica al sottile esercizio dell'ironia.

Patrick Süskind Il profumo
pp. VIII-248.
Una raffigurazione del secolo illuminista dipinta attraverso la figura paradossale e demoniaca di Jean-Baptiste Grenouille, uomo senza odore, intenzionato a creare un profumo capace di conquistare il cuore e la mente degli uomini.

I LIBRI DA LEGGERE - SAGGISTICA

Donato De Renzis – Simonetta Tassinari (a cura di)
Il liberalismo. Autori Temi Prospettive
pp. 288.
Un'antologia che raccoglie i brani dei maggiori pensatori del liberalismo (da Locke a Kant, da Popper a Bobbio), con un'introduzione storica che aiuta a comprendere origini, tendenze e orientamenti del pensiero filosofico trasmigrato alla pratica economica e alla vita democratica.

LETTERATURA DEL NOVECENTO

Franz Kafka Lettera al padre
pp. 128.
La lettera che Kafka scrisse a suo padre senza mai arrivare a consegnarla. Un'impietosa analisi di sé e del proprio genitore, ma anche il tentativo di trovare un punto di incontro nel doloroso legame tra padre e figlio.

I CLASSICI

Euripide Medea
pp. 320.
La tragedia viene proposta nel testo greco originale, con un commento che offre un'esegesi puntuale e informazioni sul contesto storico-culturale in cui fu concepita. La traduzione italiana è fruibile autonomamente e un percorso critico studia le relazioni con altri drammi composti sullo stesso soggetto.

Franco Montanari (a cura di) Rimuovere i classici? Cultura classica e società contemporanea
pp. VIII-120.
Nato da un incontro universitario del 2003, il testo rilancia il dialogo sulle sorti degli studi classici ed è un contributo alla riflessione personale e all'aggiornamento degli insegnanti, grazie alla testimonianza di autorevoli esperti della disciplina.

In catalogo

I LIBRI DA LEGGERE - SAGGISTICA

Eva Cantarella L'ambiguo malanno.
La donna nell'antichità greca e romana
pp. XII-260.
Un'indagine sulle condizioni delle donne nella società greca e romana, basata su uno studio rigoroso delle testimonianze storiche che integra rigore filologico con conoscenze etnologiche, sociologiche e giuridiche.

Alessandra Chiappano – Fabio Maria Pace (a cura di)
Shoah. Documenti, testimonianze, interpretazioni
pp. X-310.
Documenti, testimonianze letterarie e immagini per studiare la *Shoah*. Ogni sezione, di cui una dedicata alla persecuzione antiebraica in Italia, è preceduta da un'introduzione storica che inquadra le tematiche e presenta i documenti.

Federico Chabod L'Italia contemporanea (1918-1948)
pp. XXVIII-210.
Il trentennio compreso tra la fine della Grande guerra e la Repubblica nata dalla Resistenza scandagliato con gli occhi del testimone e con gli strumenti propri del grande storico. Il testo è corredato di note, cronologia e bibliografia ragionate.

Paul Ginsborg Storia d'Italia dal dopoguerra a oggi
pp. X-374.
Gli ultimi cinquant'anni italiani ricostruiti attraverso l'utilizzo di variegati materiali e strumenti di ricerca (la voce dei protagonisti, i giornali, i programmi di spettacolo), quasi a restituire un "tutto tondo" di mezzo secolo di storia.

Jacques Le Goff Il "bel" Medioevo
pp. XIV-258.
Il cuore del Medioevo costituisce un periodo di fermento culturale umano, ricco di contrasti economici e religiosi, sociali e politici. Questa raccolta dei testi piú significativi di Le Goff aiuta a inquadrare un'epoca fondamentale per capire il passaggio alla modernità.

Roberto Benigni – Vincenzo Cerami La vita è bella

pp. x-198.

Il libro, che è la sceneggiatura dell'omonimo film di Benigni, consente in chiave didattica piú letture: una riflessione sulla tragedia dell'Olocausto, un'indagine sul valore della fantasia, un'analisi del linguaggio cinematografico e un confronto tra scrittura e resa filmica.

Primo Levi La tregua

pp. xii-260.

Il testo è il seguito di *Se questo è un uomo*: il diario del tortuoso e assurdo viaggio di ritorno attraverso l'Europa, dalla nebbia di Auschwitz a scenari inediti e popolati da personaggi indimenticabili. Una storia movimentata, variopinta e struggente.

Emilio Lussu Un anno sull'Altipiano

pp. xvi-232.

Il racconto di un anno vissuto sull'altipiano di Asiago da soldati e ufficiali impegnati in una dura lotta contro il freddo e la fame, ma soprattutto contro gli orrori imposti dalla prima guerra mondiale.

Laura Mancinelli I dodici abati di Challant

pp. xviii-142.

Una marchesa bellissima, un uomo misterioso e dodici abati che, traditi dalle passioni, cominciano a morire. Una cornice medievale ricostruita con grande cura narrativa per un "giallo" che mette in scena gli eterni temi dell'amore e della morte, del bene e del male.

Elsa Morante La Storia

pp. x-742.

Le vicissitudini di una modesta maestra elementare e dei suoi figli sullo sfondo la Roma occupata dai nazisti e del dopoguerra. Tre vite emblematiche della rovina che investe gli umili di fronte alle ingiustizie della Storia. Una fitta serie di eventi raccontati con una lingua ricchissima.

Bertolt Brecht Vita di Galileo
pp. XXVI-182.
L'opera, che prende spunto dalla vicenda dello scienziato pisano e tratta lo scontro tra autorità costituita e spirito di ricerca, è un esempio di teatro innovatore e insieme una profonda meditazione sui rapporti fra scienza e società, fra intellettuale e potere.

Italo Calvino Il barone rampante
pp. XXXIV-272.
Il romanzo, commentato da uno dei piú attenti studiosi odierni di Calvino, recupera le note che l'autore stesso appose all'edizione del '65. Un elemento in piú per apprezzare la gioiosa intelligenza narrativa dello scrittore ligure.

Beppe Fenoglio Una questione privata
pp. XXVIII-164.
L'irriducibile ricerca della verità diventa per Milton, partigiano preso da gelosia per l'amata Fulvia, l'ultimo disperato tentativo di dare un senso a un mondo che, travolto dalle tragedie della guerra, ne appare ormai del tutto privo.

Primo Levi Se questo è un uomo
pp. XLIV-220.
Sopravvissuto al lager di Auschwitz, l'autore rielabora la propria esperienza in un testo che colpisce per il suo valore di interrogazione radicale sulla condizione umana. Un'edizione commentata, che ne sottolinea lo spessore culturale e la raffinatezza dell'impianto.

Elsa Morante L'isola di Arturo
pp. XL-424.
L'opera esprime la migliore vena mitico-fiabesca della scrittrice nei modi di una storia di formazione, di un vero e proprio viaggio iniziatico. Arturo racconta il doloroso cammino che lo ha portato a lasciare Procida e il duro richiamo al mondo reale, minacciato dalla guerra.